38 mini westerns
(avec des fantômes)

Du même auteur
aux Éditions J'ai lu

MAINTENANT QU'IL FAIT
TOUT LE TEMPS NUIT SUR TOI
N° 8136

LA MÉCANIQUE DU CŒUR
N° 8898

MATHIAS MALZIEU

38 mini westerns
(avec des fantômes)

NOUVELLES

À Laurence,
à ma famille,
et à ma petite tribu électrique.

Pour ceux qui flippent des livres hantés, foutez-le
dans le grille-pain, tous les fantômes
seront auto-éjectés directement chez le voisin
du dessous, pour l'éternité.

LES FÉES-LUSTRES

Elle était née d'un roulis de nacre. Quelque part dans ce monde, une mer craquelante et lumineuse déferle tout en nacre et, de ces remous, s'échappe de temps à autre ce que l'on appelle une « fée-lustre ».

Toutes de nacre et de sucre mêlés, elles ne sont que va-et-vient de cliquetis et craquements de coquillages en cascade. En plus, elles sourient tout le temps.

Elles sont très recherchées, on les assassine pour les vendre dans les hôtels de luxe. Là, on les vide de leur sang, puis on remplace leurs veines par des fils électriques. Ensuite, on les pend au plafond, on branche le courant et on obtient de très beaux lustres.

Il l'avait vue, palpitante de reflets, éclairée et éclairante dans le hall d'entrée de l'hôtel Majestic. Elle avait quelque chose de trop spécial pour n'être qu'un lustre mécanique. C'était une fée-lustre avec son armée de boucles d'oreilles électriques et son sourire transparent. Pour lui, c'était clair.

Les tueurs spécialisés avaient bien fait leur boulot, pas l'ombre d'une cicatrice, intacte d'un bout à l'autre de son corps de nacre. Apparemment, ces chasseurs de primes connaissaient ce « quelque part » où déferlait cette fameuse mer craquelante et lumineuse. Selon le coefficient de marée et la direction du vent, ils parvenaient à calculer l'heure précise de l'apparition de ces incroyables fées-lustres.

Alors, ils les attendaient armés de « filets-plumes », ces espèces d'énormes édredons qu'ils utilisaient pour les étouffer le plus délicatement possible, en essayant de ne pas les briser. Ensuite, ils les stockaient dans une immense morgue de mousse et de coton qui leur servait de magasin. On aurait dit l'atelier désordonné d'un souffleur de verre ou une décharge publique de diamants. C'est ici que les grands hôteliers venaient faire leurs emplettes.

LA CHASSE À L'ELFE
EN ISLANDE

Une délégation de faiseurs de surprises Kinder a été envoyée en Islande dans le but de récupérer des elfes. En effet, le potentiel « magie » des Kinder Surprise serait multiplié au moins par deux si ceux-ci devenaient vivants. Ce serait l'émotion absolue même !

Déjà, voir éclore un poussin, même si l'on est prévenu à l'avance, provoque une sensation presque physique de bonheur. On fixe son pouls sur le craquellement de coquille et on clignote à chaque soubresaut de duvet ou tremblement de pattes. C'est comme si un petit cœur tout nu à peine peigné de quelques plumes commençait à battre entre vos doigts.

Mais si, en plus, tout ça se passe dans une coquille de chocolat alors que l'on s'attend au mieux à trouver un truc marrant à construire ou un petit fantôme en plastique fluorescent...

Des elfes, ils en avaient entendu parler, des petits bonshommes de glace dégringoleraient l'intérieur des icebergs à la nuit tombante, agiles comme des morceaux de verre soufflé. D'autres vivraient accrochés aux parois des volcans, rougeoyants de lave et nerveux comme des élastiques hypertendus, attendant les geysers et autres fumerolles pour se faire décocher tout entier, propulsés qu'ils sont dans l'air à plus de cinquante mètres de hauteur en seulement quelques dixièmes de seconde.

Ils débarquèrent à l'aéroport de Keflavik avec tout leur attirail de chasse à l'elfe ; des Thermos et des glacières remplis respectivement d'eau chaude et de neige artificielle, bien déterminés à capturer leurs rêves vivants.

En voyageant à travers le pays, ils s'aperçurent rapidement que c'est l'Islande tout entière qu'il faudrait pour les Kinder, parce que c'est un pays-poussin-géant à la vapeur, une surprise vivante où tout est coquille-fissure-force et fragilité mélangées. Avec tous ses accessoires volcaniques, ses pétards de lave et ses sources d'eau chaude, ses glaciers éventrés écroulés dans la mer, ses oiseaux au bec tordu qui découpent les couchers de soleil et puis les habitants, avec le cœur mélangé à la terre, au vent, aux poissons et aux montagnes, l'âme trempée dans les fantômes et pourtant si curieux et accueillants envers les étrangers.

Ils y croient, sans prétention mal placée, simplement, ils y croient : à la force de la nature qui tremble, qui palpite en flaques de boue électrique, à la mer, au feu et aux elfes entre autres créatures cachées coincées entre les glaciers et les vieux livres de contes.

Finalement, on discerne mal les Islandais(es) des comètes et des elfes à proprement parler, la seule certitude, c'est que pas un seul n'a daigné se laisser enfermer dans une glacière ou un Thermos quel qu'il soit.

Bredouille la délégation ! Pas même l'ombre d'une miette de fantôme au fond de leurs glacières « spéciales chasse à l'elfe ». Leur imagination, par contre, s'est gonflée comme une pâtisserie sortant du four au contact du pays. Ainsi, les comptes rendus de « chasse à l'elfe en Islande » rédigés par les trois membres de la délégation de retour chez eux, ont comme un petit goût d'île flottante...

L'ELFE À LA MODE

« J'ai discuté cinq minutes avec une elfe d'environ deux centimètres de long. Elle était en train d'essayer les fleurs qui poussent sur le dos du volcan "Snæfellsjökull". Apparemment, ces petites cloches de pétales blanches feraient de très bonnes robes pour les elfes. Comme elle enfilait les pétales un pied sur terre, l'autre dans le vent, elle vacillait comme une petite flamme et on l'aurait volontiers confondue avec une simple fleur.

Elle avait une toute petite voix, genre appeau à oiseaux capable de prononcer des mots. Elle m'a raconté que ce volcan était son préféré, qu'elle s'habillait souvent ici, que c'était "une vrai mine d'or, des pétales de très bonne qualité !".

Quand je lui ai proposé de devenir surprise Kinder, elle m'a fait un bras d'honneur en criant des trucs pleins de "rrrrl" enroulés électriques et elle a disparu dans le labyrinthe poreux d'un petit caillou de lave. »

L'ELFE GOURMAND

« J'en ai rencontré un qui disait que le vent qui passe entre les volcans et les glaciers a un goût de caramel et que l'été, la nuit est argentée au point de se lover contre les cratères, lente et suave comme une douche de mercure. Ainsi, on peut presque la toucher, grimper au sommet des volcans et se faire un gommage d'étoiles. Quand il neige, dans une nuit comme celle-là, le silence est si puissant que l'on ose à peine respirer alors on va se baigner dans les casseroles de terre cuite géantes remplies d'eau chaude, c'est bleu et onctueux comme du lait. Ainsi, on peut sentir les flocons se poser sur nos épaules et fondre exactement en même temps. Parfois, on les mange à même le ciel avant qu'ils ne se posent et vraiment ça a un goût de ciel.

Je n'ai même pas osé lui dire à quoi servaient tous les Thermos et glacières qui dépassaient de mon sac à dos. »

L'ELFE HISTORIEN

« Le dernier elfe que j'ai rencontré était tout rond et barbu, une espèce d'oursin mou avec une voix très grave…

"Je ne rentrerai pas dans ton putain de Thermos, on dirait un hôpital, pas moyen !

— Peux-tu seulement me parler…

— Veux-tu savoir d'où vient l'Islande ?! dit-il en me coupant la parole.

— Une irruption volcanique comme tout le monde…

— Naah, l'Islande est un cœur.

— ?

— Ouais. Le cœur d'un géant de glace. Au commencement de tout, ce géant prenait toute la place dans l'univers, si bien qu'il s'y sentait un peu à l'étroit, engoncé.

Toutes les galaxies tourbillonnaient autour de lui avec leurs essaims de planètes crépitantes pour le distraire mais il se sentait seul dans son immobilité.

Le jour où il s'est rendu compte que les soleils le faisaient fondre et donc rapetisser, il s'est mis à les arracher un à un des systèmes solaires, comme on cueille des framboises. Puis, il les a dégustés, exactement comme on déguste les framboises…

Alors, le feu s'est infiltré dans ses veines de glace jusqu'à tuméfier son cœur de ce que l'on nomme aujourd'hui volcan. Il était secoué de spasmes, comme si un cheval sauvage trop grand pour lui poussait dans son ventre. À force de se tordre et de fondre dans une douleur de brûlure et de glace collante, il porta la main à son cœur et l'arracha d'un seul coup. Son morceau de magma palpitant éventré par la glace dégringola en se dégonflant sur un escalier de systèmes solaires éteints pour finir sa course suspendu à notre cercle polaire.

Ainsi est née l'Islande et aujourd'hui encore elle palpite en sourdine, de sources chaudes en solfatares et autres geysers qui écartèlent sa chair à vif.

Aussi, rien n'est domesticable en Islande.

Même si le géant n'est plus que vapeurs disloquées, son cœur battrait encore, certains disent même que ses bras bougent du coté de l'Écosse ou qu'il a un doigt coincé dans le centre de Londres. Lorsqu'il entrebâille ses yeux immenses, ça provoque des aurores boréales.

Voilà comment est née l'Islande ! Et je ne risque pas de rentrer dans ton putain de Thermos…"

La délégation Kinder est donc rentrée bredouille, d'une certaine manière. »

TATOUAGE DE CERVEAU : DES AURORES BORÉALES À TOULOUSE[1]

Quand j'étais petit, j'ai vu ce dessin animé inspiré de je ne sais quel conte de fées ; l'idée était la suivante : si l'on croit très fort à quelque chose, ça marche, ça le fait exister. Le personnage principal rêvait d'un bus magique dans lequel il devait monter pour traverser des contrées plus merveilleuses les unes que les autres, et lui, il devait se pointer à l'arrêt de bus à une heure précise et y croire à fond. C'est une copine à lui, genre un peu fée quand même, qui avait dit : « Si tu y crois, le bus viendra… Sinon, il ne viendra jamais. »

Cette putain d'idée s'est enfoncée tranquillement sous la peau de mon crâne comme une épine d'acacia. Et on a beau me ramollir le cuir chevelu en me l'humidi-fiant, on a beau m'enfoncer de toutes adultes pinces à épiler bien propres à même le cerveau, pas moyen. Cette idée de croire en ses rêves pour les faire apparaître reste indélébile, comme un tatouage de cerveau.

En grandissant, ce penchant pour la chimie des rêves et de la réalité s'est accentué. Forcément, ça me joue des tours, des tours de magie parfois, des tours tout court aussi. Aujourd'hui, j'ai vu des aurores boréales à Toulouse.

À Sesquières, plus exactement. Roses, éventrées sur la base nautique. Des litres et des litres de clapot

---

1. *Charmante bourgade du sud-ouest de la France surnommée la « Ville rose » pour ses légendes érotiques, ses aurores boréales et la couleur de ses murs.*

fluorescent, clignotant dans une brume à peine piquetée de gouttelettes. De la soudure liquide, un incendie humide et vibrant qui se dissoudrait à fleur de l'eau. Des aurores boréales. Si. Sur le lac et dans les arbres tout est ensanglanté-grenadine, tous les clapots se font pendeloques et halo de pendeloques. Les aurores boréales, je les ai vus, je les ai touchées, j'ai glissé dessus, je suis tombé dedans et j'ai nagé à travers leurs alvéoles frémissants. Une ruche à reflets explosant à chacun de mes mouvements de nage, explorant en quelques secondes 10 000 façons de scintiller.

Déjà, dans l'après-midi, en glissant sur le lac avec un wake-skate[1], un arc-en ciel miniature s'était pris les filaments dans les filets d'écume derrière ma planche, j'ai raté un virage et je me suis aplati comme une claque… Mais là, c'était comme si j'avais basculé dans un ciel inversé, je me retrouvais collé aux parois de la nuit avec une sensation d'étoile filante mécanique.

Le téléski, son arsenal de poulies métalliques encablées et ses pylônes penchés m'autorisent ce soir à un cavalier seul pour fendre les aurores boréales. Même les poissons morts, qui donnent toujours l'impression de se moquer de ta gueule quand tu tombes, semblent captivés par l'intensité de ce halo rose moulant qui enveloppe toute la partie inférieure du lac. On pourrait presque dire qu'ils apprécient, sans doute que les ondes secouent savamment leurs entrailles… En tout cas, leur habituel regard de surveillant-baignade cynique a disparu. Pendant ce temps, les habitués du téléski discutent tranquillement sur le ponton, se douchent ou rangent leurs

---

1. *Le wake-skate est un skate aquatique qui permet de glisser sur l'eau et les aurores boréales entre autres, tracté par un bateau ou, comme c'est le cas ici, par un téléski nautique.*

planches en plaisantant. Quand la nuit s'est entièrement refermée sur la base nautique, on pouvait encore distinguer des restes d'aurores boréales dans les yeux des gens et cela donnait à tous les visages un éclat particulier.

En y réfléchissant avec un peu de recul, je ne crois plus vraiment à cette histoire d'aurore boréale, je pense qu'il s'agit plutôt de cette divinité érotique, la même qui a fait rosir tous les murs de la ville quelques siècles auparavant. C'est elle qui a fait le coup.

HISTOIRE DE FANTÔMES
(INTRODUCTION)

Les fantômes doivent changer de drap tous les jours, sinon la crasse les rend visibles par les humains.

Tout propres, ils ne peuvent être vus que par les fées et les écureuils. Les fées et les fantômes ont souvent tendance à tomber amoureux, et c'est assez beau à voir comme couple, une fée enroulée dans un drap qui ondule. Les écureuils par contre ne tombent jamais amoureux ni des fées, ni des fantômes. D'abord parce que les fées ont un goût de noisette quand on les embrasse et qu'à force ils trouvent ça écœurant… Quant aux fantômes, ils les trouvent snobs avec leur façon de grimper dans les arbres sans s'accrocher aux branches. Rien de pire qu'un fantôme fier de ses prouesses techniques.

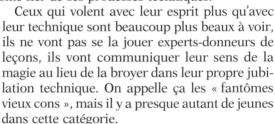

Ceux qui volent avec leur esprit plus qu'avec leur technique sont beaucoup plus beaux à voir, ils ne vont pas se la jouer experts-donneurs de leçons, ils vont communiquer leur sens de la magie au lieu de la broyer dans leur propre jubilation technique. On appelle ça les « fantômes vieux cons », mais il y a presque autant de jeunes dans cette catégorie.

Certains écureuils essaient d'imiter les fantômes pour voler à travers les branches, ce qui les tue la plupart du temps et les fait devenir fantômes à leur tour. Alors il deviennent snobs ou gracieux. Le goût de noisette sur la bouche des fées reprend toute sa saveur parce que maintenant ils ne sont plus que des fantômes.

HISTOIRE DE FANTÔMES

Joe est mort en tombant d'un arbre. Il avait trente-cinq ans et il grimpait dans les arbres depuis toujours. Jamais il n'était tombé.

Il s'est penché pour attraper un écureuil, il est tombé, tête la première, mort sur le coup.

Maintenant qu'il est fantôme, il s'amuse à tomber des arbres de bien plus haut que le jour de sa mort et ça ne lui fait plus rien.

Seulement, ça le rend un peu nostalgique et il se met à traiter les écureuils de « connards d'écureuils de merde ».

LE BRACELET D'ARGENT

Mes parents m'avaient laissé de l'argent pour acheter de la vraie nourriture mais je me suis contenté de prendre quelques Mars et du Coca. Avec le reste, je lui ai acheté un petit bracelet en argent. C'était dans ma main, ça brillait, ça souriait presque. J'éprouvais une joie profonde ne serait-ce qu'à l'idée de le lui offrir. J'allais sans arrêt le contempler dans son écrin de faux velours noir. C'était comme si les étoiles s'étaient accrochées pour s'enfiler à l'un de ses cheveux.

La fin du printemps gazouillait partout en oiseaux invisibles et malgré le bruit de pet au mazout que produisait ma mobylette, je me délectais de tout ça. Je me sentais très romantique avec mon cadeau d'anniversaire, ma mobylette pourrie et mes trois Mars dans l'estomac. C'était la première fois que je faisais un cadeau amoureux et dans chaque maillon du bracelet il y avait un morceau de mon cœur.

J'étais en train d'attacher ce vieux canasson mécanique à un arbre (bien qu'il eût fallu un certain sens de l'humour pour avoir l'idée de le voler) quand elle est apparue, lumineuse. On aurait dit qu'elle s'était fait un shampooing avec le soleil et qu'elle ne s'était ni rincé ni séché les cheveux. Merveilleuse. Et moi, avec des bruits d'aquarium dans le ventre, je souriais, les yeux plissés comme un nouveau-né chinois face à tout cet éblouissement.

Mon poing dans la poche serrait la petite boîte noire et je sentais mon cœur battre dans ma gorge. Je l'ai embrassée sur la bouche mais j'ai eu la sensation qu'elle n'avait plus de lèvres. Elle en avait toujours, mais elles étaient restées immobiles.

« Je ne veux plus sortir avec toi », me dit-elle juste après.

J'ai cru que l'on venait de m'enfermer dans un frigo, on avait claqué la porte, il faisait froid, et j'étais assis à côté d'un yaourt pourri.

Malgré la balle de tennis qui me poussait dans la gorge, je lui souhaitai bon anniversaire et lui tendis la petite boîte.

Elle se mit à pleurer et, je ne sais par quel miracle, pas moi.

« Non, garde-le…, dit-elle.

— C'est pour toi, prends-le.

— Non, je ne veux pas le prendre. »

Elle le posa sur le petit muret et elle se retourna.

J'ouvris la boîte et fis glisser le bracelet entre mes doigts, il ressemblait à un ver de terre mort que l'on aurait décoré avec des petites boucles d'oreilles.

Je le laissai volontairement m'échapper des mains et je me mis à marcher. Je sentis deux grosses larmes chaudes dégringoler sur mes joues, je les attrapai avec ma langue, elles avaient un bon petit goût de sel.

Le soir même, quand je me suis mis à pleurer en mangeant ma Danette, ma sœur m'a demandé ce qui se passait.

« Je ne retrouverai jamais une fille comme ça… »

Elle s'est mise à rire très tendrement, mais ça m'énervait quand même.

Le choc de cet accident d'anniversaire s'est estompé progressivement, un peu comme un hématome qui change de couleur.

Mais les bons souvenirs me picotèrent encore longtemps, ils étaient bien plus douloureux que les mauvais. Même mon vieux canasson de mobylette pourrie en était encore parfumé. Il y avait toujours plein de fantômes lumineux assis sur mon porte-bagages qui m'envoyaient des sourires remplis de fossettes incroyables et j'ai mis longtemps à comprendre qu'il fallait les chasser.

Alors, je me suis mis à faire des virages en dérapage pour qu'ils se cassent la gueule mais au dernier moment je ralentissais toujours un peu, de peur qu'ils s'en aillent pour toujours.

TRANSFUSION DE CŒUR

Je traîne mon émotivité comme un taulard traîne son boulet.

Ça m'a fait perdre des matches de tennis et ça me fait tomber amoureux n'importe comment.

Quand je suis en colère, je sens mon cœur enfler comme une baudruche prête à éclater en petit feu d'artifice sourd partout dans la poitrine. On retrouve des petits morceaux de cœur empalés jusque dans les os des épaules.

Jusqu'à maintenant, j'ai toujours réussi à le recoller mais il ne fonctionne plus vraiment comme avant, il est devenu bruyant comme un vieil engrenage auquel il manquerait quelques dents.

Du coup, c'est pas toujours facile de dormir. Ça me résonne jusqu'à l'intérieur de l'oreille droite comme des coups de feu assourdis dans du coton.

Je jetterais bien ce corps à la poubelle, il est trop petit, le dos est trop raide et j'en ai marre d'entendre le cœur taper dans la poitrine. Je m'en fabriquerais bien un autre avec des ailes d'oiseau et des sabots de cheval mais tout le monde viendrait m'emmerder dans la rue.

Déjà qu'avec un longboard[1] en forme de poisson sous les pieds on m'emmerde, alors avec des ailes d'oiseau et des sabots de cheval, j'ose à peine imaginer.

---

1. *Longue planche de skate, souple et magique.*

TRANSFUSION DE CŒUR 2

La légende de Jessie Caramel

Une onde de nerfs et de spasmes parcourt le genre humain exactement de la même manière que le rift balafre la planète en cratères fumants, tremblements et autres fragilités bruyantes comme du tonnerre. Au milieu de la tectonique des plaques nerveuses se situe un hypercentre vibratoire et brûlant que l'on appelle communément l'hypersensibilité et qui est – comme les tremblements de terre avec les irruptions volcaniques – souvent accompagné d'hyperactivité. Les quelques personnes se trouvant à cet endroit vibratoire le jour de leur procréation sont atteintes à vie de consumance. Elles ressemblent à des bougies accélérantes, avec des songes enflammés qui prennent forme quotidiennement au milieu de leur tête, elles se consument avec la rapidité d'un éclair. Elles ressemblent à des éclairs, mais avec de la peau et des vêtements. Leur cœur cliquette comme un engrenage dans lequel on aurait laissé traîner des coquilles d'œuf et il peut s'accélérer comme un roulement de tambour puis ralentir et s'arrêter net à tout moment.

Leur équilibre et leur survie passent par le songe. Plus précisément par la confrontation d'une pâte moelleuse à base de rêves et de réalité qu'ils fabriquent au quotidien. Tous les jours, ils tissent, pétrissent et mélangent en se promenant dans les couloirs à connexions entre rêves et réalité, la somnolence étant l'un des accès les plus rapides et les plus sécurisés entre ces deux continents-hémisphères qui occupent leur géographie interne, le rêve d'un côté, la réalité de l'autre.

Au milieu, un fil de funambule frémissant légèrement détendu se dessine mais lorsque les continents-hémisphères du rêve et de la réalité s'éloignent, à cause d'une tectonique des plaques de nerfs trop active, le fil se fragilise. D'un câble de téléphérique noueux, il devient fil de réglisse effiloché puis barbapapa sale et glissant comme un string de pute. Ainsi, on risque, même lors d'une somnolence des plus anodines, de s'écrouler entre le rêve et la réalité et de ne plus jamais pouvoir remonter.

Alors on se retrouve coupé de la réalité et sans possibilité de rêves, comme si le cerveau était englouti jusqu'aux cils sous des tonnes de goudron noir. Quand on réalise un scanner du crâne des gens qui se sont perdus comme ça dans leur tête, la ressemblance avec une marée noire est frappante. Avec les cils dans le rôle des « oiseaux mazoutés » et les poches lacrymales éventrées qui perdent leur contenu en pleine mer, en plein cerveau, en pleine tronche. Mélancolie ou dépression, ils appellent ça comme ça, en terme médical. Plus on s'enfonce, plus c'est difficile de revenir. Parfois, cette mélancolie s'adoucit et le goudron opaque se fait plus onctueux, chocolaté presque, avec quelques reflets de nacre ici et là. On pense que ça y est, on est revenu, on croit que l'on est de retour sur le continent-hémisphère des rêves, mais ce n'est pas la réalité (non plus). Ce n'est qu'un habitant du pays des rêves qui a jeté ses poubelles de songes en retournant au pays de la réalité. Habituellement, on ne jette que des cauchemars, comme ça dans les flots impétueux au ralenti de l'entre-deux mondes, d'où l'effet paralysant et mélancolique constamment renouvelé que l'on ressent quand on est coincé dans ce gouffre. Sauf que, de temps en temps, exactement comme on peut trouver des trésors dans les décharges publiques, il arrive qu'une pluie d'étoiles vous ensevelisse et lustre le goudron « pour quelques instants, pour quelques instants seulement, mais moi j'y crois Monsieur… » et on remontera le courant ! même pour quelques instants.

Une légende circule à propos des illuminations subites qui éclairent parfois le gouffre de l'entre-deux mondes. Cela viendrait d'une fée cascadeuse et voltigeante nommée « Jessie Caramel ». Cette ancienne petite fille à la peau douce comme des pétales de pâquerettes serait tombée dans le gouffre entre rêve et réalité étant jeune et serait la seule à en être réellement revenue. Aussi, connaissant bien le chemin, elle s'emploie, le plus souvent possible, à se glisser dans les sacs-poubelle à rêves des gens, elle apprivoise leurs cauchemars et se laisse tomber comme une pluie d'étoiles dans les cheveux et sur les joues des gens coincés dans la mélancolie. Elle ne peut rester que quelques instants pour ne pas risquer de s'embourber dans cette mélasse mélancolique à tout jamais. Elle y brille d'une lumière caressante presque palpable tout en laissant ses cheveux-plumes se glisser les uns sous les autres comme la plus onctueuse des cascades de cheveux du monde. Une sorte d'infirmière céleste parfumée aux fruits rouges, caramélisée, avec des fraises des bois à la place des tétons. Parfois, elle parvient même à sauver des gens, à les remonter sur le continent-hémisphère des rêves, d'où ils peuvent tenter de regagner celui de la réalité dans de meilleures conditions.

Maintenant, je me demande si ce ne serait pas elle, le coup des aurores boréales à Toulouse, c'est le genre de performance dont elle serait capable, redonner le sourire aux poissons morts juste en leur effleurant les entrailles et faire rosir de plaisir un lac tout entier… C'est à sa portée.

Certains affirment qu'elle est définitivement coincée dans l'entre-deux mondes, qu'elle aurait bu la tasse (du goudron de cauchemar épais) en voulant à tout prix sauver un homme. Je n'y crois pas, peut-être parce qu'à l'heure où je vous parle, je suis encore sur le continent-hémisphère des songes, à peine sorti d'une rêverie raffinée comme des chocolats Jeff de Bruges, et peut-être qu'en retournant à la réalité, après avoir bâillé deux ou trois fois, je verrai la vérité en face.

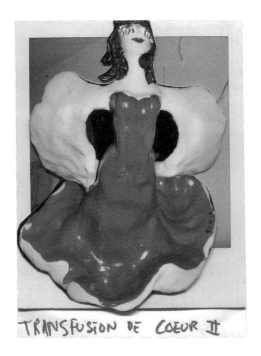

TRANSFUSION DE COEUR II

Je suis revenu sur le continent-hémisphère de la réalité, la preuve, j'ai froid et je viens d'acheter 500 grammes de coquillettes. Je crois que Jessie Caramel est encore là, je l'ai entendue claquer des cils dans un bruit d'ailes qui se froissent tout à l'heure sur la place Wilson, en plein centre de Toulouse.

Tout le monde voulait me vendre du shit en faisant « sssshhhhhhhhhhhhhhhhhhhhhhhhhhhh... it ? » sans bouger les lèvres ni les yeux, tout un art ! J'en avais rien à foutre moi, d'abord je ne fume pas, et en plus, ça m'empêchait d'écouter les petits bruits délicieux de Miss Jessie Caramel.

Bien, impeccable, aujourd'hui j'ai encore tout mélangé les rêves et la réalité, j'ai un peu vacillé en traversant au-dessus de l'entre-deux mondes et son océan de mélancolie, mais je ne suis pas tombé. C'est sans aucun doute, encore une fois l'œuvre de Jessie Caramel... c'est elle qui a fait le coup.

ÉPILOGUE

J'ai pris la mauvaise habitude de séjourner entre les deux continents-hémisphères pour y croiser encore la mystérieuse Jessie Caramel. Je voulais sentir son souffle se mêler au mien, encore. Le froid cassant de l'hiver transformait tous les êtres humains en machines à vapeur miniatures, tout le monde en était là, à recracher du brouillard dans les enluminures, dans les cheveux des autres gens, dans les branches des sapins, contre les murs et à travers les paquets-cadeaux, c'est l'hiver qui veut ça. Sauf que moi, c'est dans les vapeurs parfumées de Jessie Caramel que je veux me lover, carcasse et esprit. Dans son tourbillon de sucre glace et de neige poudreuse, je veux m'allonger, me blottir, me serrer, sentir son cœur battre jusqu'entre ses jambes, plonger ma bouche contre la sienne et que ça fasse des bruits de pommes croquées (je sais depuis longtemps qu'elle a un goût de pomme) et pleurer du sang, de la limonade ou même quelque chose de plus alcoolisé... Je ne l'ai jamais revue, pas l'ombre d'un signe, pas de signes, pas d'ombres, pas de claquements de cils, pas de souffles, pas même l'écho d'un souffle.

Pas de flocons, pas de tétons aux fruits rouges, pas de cheveux-plumes auto-ensevelissants, pas de sourires, pas de bruits et pas même un bruit de pas et pas de complicité, terminé.

LA MACHINE À RÊVES CASSÉE

Je devenais lit tellement je dormais fort. Je n'étais qu'incrustation de souffles lents emmitouflés à l'intérieur de moi-même, vraiment je dormais. Seule la machine à rêves bougeait encore comme un petit vélo cabossé après un accident. La roue avant dans le vide égrainait des images sur l'écran de mon cerveau en roue libre.

Quand le réveil a sonné, il trancha le petit réseau de carotides broussailleuses qui irriguait mon cerveau. Du coup, les rêves se sont mis à gicler partout dans la chambre, ensanglantés et vifs comme des flèches. Des morceaux de montagne bleue éclatés contre les murs, des fantômes pendus à la tringle à rideau, d'autres en train de griller sur le filament d'une ampoule, là, sur la table de chevet et partout sur ma peau.

Je me suis douché et j'ai bien insisté pour rincer toutes les parties de mon corps, parce que les rêves séchés, après ça gratte sous les habits. Mais toute la journée, j'ai cligné des yeux, sans doute les miettes d'un rêve de sable resté coincé sous les paupières.

LA LÉGENDE DE CALIMÉRO

Il était clochard, mais il soignait son style. Il portait un costume noir tout fripé avec les poches complètement déformées par les œufs Kinder qu'il fourrait dedans.

Tous les jours, il essayait de garder assez d'argent pour laver son costume. Il attendait en caleçon dans une laverie, puis il le remettait sans le repasser. Il ne fumait ni ne buvait mais il avait une autre addiction, le Kinder Surprise.

Tout propre et tout fripé, il hantait tous les matins le même bureau de tabac et choisissait lentement ses Kinder comme si à chaque fois il en prenait un exceptionnel puis il traînait sa carcasse d'épouvantail jusqu'à la sortie du tabac. Là, il décortiquait délicatement le papier de l'œuf qu'il froissait ensuite pour mieux l'enfoncer dans la poche de son pantalon, du fripé avec du fripé. Puis il essayait de couper la coquille de chocolat en deux parties identiques mais il brisait le tout dans ses doigts, systématiquement.

Alors qu'il gobait les morceaux de chocolat à moitié écrasés, il fabriquait la surprise. Une fois montée, il la plaçait au milieu de sa grande armée miniature de soldats dépareillés ; c'était l'armée la plus bancale et colorée du monde : des fantômes en plastique en première ligne côtoyaient des petits bateaux, des ours, des oiseaux rouges dans la poussière de son trottoir-résidence.

Puis, il se postait derrière son armée et prenait sa guitare pour s'accompagner sur des reprises d'Elvis Presley et de Frank Sinatra. Il ressemblait à une grande feuille de brouillon maculée d'encre noire qui tremblait au milieu de ses sujets en plastique. C'était une véritable chorale (pas une armée donc !). Parfois il s'emballait, faisant valdinguer ce petit monde en battant la mesure maladroitement avec son pied. Il se prenait au jeu, il dansait, sautait et chantait furieusement en piétinant ses surprises Kinder.

Il devenait populaire, sa manière de chanter Elvis, sa collection de Kinder et son costume fripé... Il s'était constitué un petit public. On lui offrait des Kinder, on lui demandait des chansons, on le photographiait avec sa guitare devant sa collection.

La Légende de Caliméro

Sa solitude était si grande le reste du temps que lorsque les gens étaient là pour lui, il donnait sans compter. Il en rajoutait même, l'excitation, la jubilation du rapport tout nouveau pour lui avec les spectateurs le transcendaient. Il se recoiffait dans les rétroviseurs des voitures arrêtées au feu rouge, il shootait dans sa collection en hurlant, il changeait les paroles des classiques de Sinatra pour les adapter aux différentes situations (ce qui lui permettait souvent d'insulter les gens qui passaient devant lui avec un regard méprisant et faisait beaucoup rire ses adeptes) et il allait même jusqu'à jouer de la batterie en tapant sur le capot des voitures garées à côté. Sa collection augmentait à vue d'œil, il en achetait désormais deux à trois par jour selon ses recettes et en recevait en moyenne un par jour en cadeau.

Puis, l'hiver est arrivé et il est passé de mode. Dans la grisaille, il ressemblait à un croque-mort ivre. Le vent avait décimé son armée, on aurait cru un tombereau miniature rempli de cadavres en plastique posés sur le trottoir. Il ne les rangeait plus autour de lui comme avant, il ne savait plus où les mettre, on en retrouvait même au milieu de la route, dans les égouts, les chiens les reniflaient comme des merdes.

Pourtant, il continuait d'en acheter ; de son entrée dans le tabac jusqu'à ce qu'il ait fini de mettre sur pied la nouvelle surprise, il ne pensait à rien d'autre et c'était le bonheur. Il commençait son premier hiver dehors et il désirait terriblement rentrer quelque part.

Le froid s'intensifiait et ses recettes diminuaient. En hiver, les gens gardent les mains dans les poches et les bouches serrées ont du mal à sourire.

Elles s'arrêtèrent complètement de sourire quand on le trouva mort, un matin, allongé parmi sa collection comme une pièce de plus que le vent aurait fait tomber. Il avait plu pendant la nuit, il portait des petites flaques d'eau dans les plis de son costume et toutes ces figurines répandues autour de lui, on aurait dit un massacre.

Depuis, il y a toujours une ambiance un peu étrange quand on achète un Kinder dans ce tabac.

HISTOIRE DE PRINTEMPS

Le printemps vient de coller ses odeurs de pluie tiède et de fleurs mouillées sous mes narines et ça me rappelle des histoires de bracelet d'argent. Ici et maintenant, j'ai une pâte à bisous rebondissante qui s'applique à me colorier l'esprit quand il s'obscurcit et qui m'a directement branché les neurones sur les sensations de printemps. Alors je me sens bien papillon tranquille. Ça ne m'empêche pas de tomber en colère noire encore souvent et de vouloir transformer les gens en un bouquet de verres en cristal pour les exploser tous, d'un coup, contre un mur.

On m'a dit que l'océan se réchauffait. Je le laisse mijoter encore un peu et j'y vais ! Quand le printemps aura définitivement donné à l'eau un goût de soleil et que la pâte d'écume sera gonflée et généreuse, j'irai me jeter dedans... rebondir et s'engouffrer comme un pop-corn. J'aime bien l'odeur de l'océan lorsqu'il est à point (à partir de 18 °C), lorsqu'il desserre les chevilles de ses mâchoires glacées et qu'il ne déteint plus violet sur le bout des doigts et des lèvres. Là, saupoudré de bruyère et d'embruns, il me fait saliver l'imagination. Le printemps est champion du monde pour faire sentir bon toutes les choses qu'il enveloppe. De l'océan à la pluie en passant par le mélange d'herbe coupée et de balles de tennis neuves. La peau des filles aussi, c'est comme s'il y avait de la cannelle dans l'air.

Mais le plus incroyable c'est le néoprène, j'en ferais bien un parfum, voire même une boisson. Goût sirène en plastique, le diabolo-néoprène, une sorte de Coca-Cola en fait. Je suis allé renifler ma combinaison cet après-midi et des dizaines de sirènes en caoutchouc se sont infiltrées dans mes narines. Là, elles nagent dans mon cerveau en secouant leurs crinières d'algues à la cannelle et s'assoient sur tous mes petits interrupteurs à spasmes. C'est ce que l'on appelle une crise d'océan. On veut voir-sentir-nager-surfer les yeux inondés de diamants d'écume et autres reflets humides dans les cheveux tout ça. Le printemps favorise l'apparition de ces crises... parce qu'il sent bon et que ça met en appétit.

Avant de m'endormir, j'ai vu une de ces petites sirènes avec sa combinaison de néoprène, un truc très féminin avec une queue de dauphin sertie de petits coquillages blancs. C'était déhanchement crinière et sourire à paillettes à fond la caisse. Elle était là, allongée sur le lit et j'habite chez elle.

LE BAR DES NEIGES

Au bar des neiges, on ne sert que des verres de neige. Des cocktails de flocons purs constellés de structures labyrinthiques glacées dans lesquelles circulent les mini-fleuves impétueux de curaçao bleus et de whisky.

Le curaçao-neige a vraiment un goût de banquise, c'est exactement comme si l'on trempait ses lèvres à même le cercle polaire en plein hiver. Après quelques cocktails, lorsque la soif s'est tarie et que l'esprit devient cotonneux et répandu en sensations jusqu'au fond des mollets, on peut voir à travers son verre le cœur d'un bonhomme de neige. Son sang bleu turquoise directement transfusé d'un ciel impeccable se love alors contre les petites cavités de glace fondante à l'intérieur des flocons. Du diamant liquide.

Ces cocktails sont très dangereux, on raconte qu'ils sont habités, que les boire correspondrait à une expérience chamanique, comme si on avalait un esprit. Les curaçao-neiges ne sont pas les pires, mis à part l'envie subite de se planter une carotte dans la face et le fait de se métamorphoser tranquillement en vagabond blanc au sourire figé ou en ange dodu, ils ne possèdent pas d'effets secondaires très importants...

En revanche, le whisky-neige s'avère autrement plus piquant, l'alcool brun irise tous les flocons jusque dans leur plus profond pistil et les mue rapidement en fleurs de cristaux acérés invisibles à l'œil nu. Ainsi, dès la première gorgée de flocons, on sent comme des milliers de piqûres sur la langue et, immédiatement, le goût de neige et de whisky se mélange à un goût de sang. On les sent, les flammes courtes et rapides comme des langues de serpents se faufiler entre les dents, lécher la luette, la fouetter même pour terminer en pluie d'étincelles coupantes au fond de l'estomac. Alors vient le temps des danses spasmophiles et des cris d'animaux. Chez Untel ça sonne ours, chez un autre corbeau, c'est selon.

On raconte qu'un soir, un Irlandais de petite taille aurait vu ses cils s'enflammer et qu'il en pleurait de la neige. Quelques instants plus tard, il se serait mis à chanter dans un anglais approximatif qu'il se sentait calme comme s'il venait de devenir aveugle, qu'il se sentait femme, Indien et Noir à la fois, et que, à part en ce qui concerne la neige, il ne supportait plus la couleur blanche.

Juste pour le plaisir, on s'imaginerait bien fantomatiquement caché dans une bulle de Coca ou à l'ombre d'un raisin sec pour observer l'effet de ces boissons amusantes sur les congrégations mondaines qui traînent leur branchitude comme des arbres pourris tout au long des nombreux cocktails à paillettes qui jalonnent leurs parcours. Parce qu'on aimerait bien les voir un peu aux prises avec quelque chose qui brûle de l'intérieur, juste voir ce que ça leur fait.

LE POÈME INSULTE

Connard, quand je serai un fantôme
Je viendrai te planter un bouquet d'orties dans le cul
Connard va.

COMMENT BIEN COMPRENDRE
LES FANTÔMES

On comprend mieux les fantômes quand on se promène tout seul sur un longboard au beau milieu de la nuit, lorsque les réverbères aiguisent les ombres et que chaque frémissement dans les buissons fait peur.

On comprend mieux leurs grands yeux inquiets quand on se fait surprendre par son ombre et que même lorsqu'on la reconnaît, elle fait peur quand même. On imagine que l'apprentissage ne doit pas être facile et que finalement ça doit pas être toujours amusant d'être un morceau de peur recouvert de draps.

Évidemment, la vengeance doit picoter au début mais après, qu'est-ce qu'on a de plus si ce n'est un placard à ombres et des soupirs élastiques ?

On comprend mieux qu'ils soient si tristes (de ne plus avoir de sensations de glisse).

On comprend qu'ils s'enroulent autour de mes roues comme quatre petits soleils crasseux pour s'arracher au bitume qui leur colle aux draps pendant tout l'été et on comprend qu'ils aient besoin de compagnie, de temps en temps.

TOUTE PETITE AVALANCHE

Cet hiver, elle s'était fabriqué une robe avec de la neige.

Elle avait cousu les flocons entre eux et elle brillait comme un petit diamant à pattes qui courait partout en éternuant.

Au printemps, alors que sa robe commençait à fondre, elle ouvrait les coquelicots à l'avance pour s'en confectionner une autre. Elle a cousu les pétales entre eux, les blancs, les roses et les rouges. Elle ressemblait à un grand chef coquelicot. Ruisselante de neige fondue, les pétales collés sur sa peau laissaient sauvagement apparaître ses attributs.

L'été, elle avait trop chaud et elle préférait se balader pieds nus en culotte…

À l'automne, elle a voulu réutiliser sa robe de coquelicots demi-saison mais elle était toute fanée. Ça ressemblait à un chiffon froissé avec lequel on aurait essuyé du sang, mais ça continuait d'exciter les écureuils et pas mal d'autres oiseaux en tout genre. Cela dit, elle ne couchait pas avec les animaux.

Quand l'hiver est revenu, elle s'est fabriqué une nouvelle robe de neige et elle se roulait avec dans la poudreuse comme une toute petite avalanche.

Dans les arbres, les écureuils se marraient comme des débiles et lui jetaient de grosses pommes de pin, ils lui criaient : « Tu te prends pour une avalanche ou quoi connasse !… » ; ça les faisait hurler de rire. Elle s'est mise à pleurer et ses larmes ont lacéré sa robe de poudre déjà criblée de pommes de pin. Toute la nuit elle a marché pour atteindre le sommet de la montagne. Les moqueries des écureuils résonnaient dans la plaine.

À l'aube, elle s'est laissée dégringoler vers la forêt. Elle grossissait à vue d'œil et lorsqu'elle apparut à l'orée du bois où vivaient les écureuils, elle était devenue une belle et menaçante avalanche de plusieurs mètres de diamètre. Elle s'est fracassée contre les sapins et on a assisté à une pluie d'écureuils endormis. De toutes les branches il en tombait. Ils ressemblaient à de petits morceaux de feu immobiles plantés dans la neige.

Elle est morte sur le coup et les écureuils, eux, se sont réveillés bien plus tard en se demandant ce qu'ils pouvaient bien foutre tous allongés n'importe comment au pied de leur arbre.

Toute petite avalanche

MORT D'UN CHEVAL

J'ai le crâne cadenassé par une sinusite et des électrons de tristesse grise viennent se poser dessus. Ça s'accroche à mes paupières comme à des rideaux d'hôpital et ça me froisse les cils jusqu'à l'intérieur du front. Le truc aussi, c'est que je viens de perdre mon longboard dans  un train. Ce n'était qu'une planche à roulettes, me direz-vous, mais c'était en partie grâce à elle que je pouvais descendre du ciel rouge-orange de mon imagination et me poser sans me cogner.

Maintenant, je me sens avion sans train d'atterrissage et ça fait des étincelles en acier sous le crâne dès que je redescends. Ça calmait mes crises d'océan, ça faisait pousser des reflets de déferlantes à travers la poussière des trottoirs.

Ce n'était qu'une planche à roulettes, mais c'était la mienne et j'ai les mêmes frissons que le jour où j'ai retrouvé mon hamster retourné sur le dos, les yeux grands ouverts. Ce n'était qu'un hamster, mais c'était le mien.

Bon, dans quelques heures, nous serons sur scène et il me faut de nouvelles peintures de guerre. J'ai bien mon petit costume noir, la cire pour les cheveux, les guitares avec des dessins dessus et surtout ma petite tribu d'aventuriers avec moi, mais je suis terrorisé. Le son résonne comme une armée de casseroles écrasées contre mes tempes. J'ai peur de me briser comme une vitre en plein milieu d'une chanson. En plus, les types de la sécurité ressemblent tous au Russe qui tue Apollo dans *Rocky IV*. L'heure n'arrête plus d'accélérer et de ralentir et le pare-brise du camion s'est bâché de noir et de rouge, il y a du sang dans les nuages ce soir. C'est le vent qui a gonflé ses veines pour mieux se les trancher contre les vitres du camion. Tout le monde descend, les yeux nuageux avec des restes de rêves collés dans les cheveux. On dort mal dans un camion, mais il arrive que l'on y rêve quand même. Il ne nous reste plus très longtemps pour opérer la métamorphose.

Dans quelques minutes, ce sera la peau et les os dans la même marmite électrique à se mélanger émotions et adrénaline et ça se passera en vrai.

DON DIEGO 2000

Ce type-là n'avait jamais vu un cow-boy de sa vie ni lu le moindre poète, mais il était doué de dyslexie. Une dyslexie magique qui faisait de lui un étrange poète-cow-boy de presque un mètre quatre-vingt-dix.

Un jour, il m'a raconté le plus sereinement du monde qu'il avait « suturé à l'oreille d'une fille des mots incroyables » et je veux bien le croire… Il aimait bien « ses yeux en pâte d'amandes » m'a-t-il précisé. Il adorait les anglicismes et les abréviations en tout genre dont il émaillait sa conversation avec des fortunes diverses, l'autre jour encore, pour dire à la personne à qui il téléphonait de ne pas se faire de souci, il a répété cinq fois d'affilée : « No suicide, pas de problème, ne t'inquiète pas, no soussaïde. »

Il arborait un téléphone portable à la ceinture comme s'il s'agissait d'un pistolet et s'en servait comme un mercenaire des ondes. Sur sa boîte vocale, il parlait en anglais avec un accent américain du centre de la France complètement incompréhensible, mais ces mots étaient comme rythmés, presque musicaux, accueillants. On avait toujours le sourire au moment de commencer à parler pour laisser un message.

Il dépensait « des sommes gastronomiques » avec son portable, me disait-il.

Il ressemblait à une espèce de Don Diego de l'an 2000, il aurait sans doute fait un très bon Zorro. Sans doute que son épée aurait signé des « Z » à l'envers, sans doute qu'il s'en serait rendu compte, mais je suis persuadé qu'il serait resté imperturbable avec un petit sourire dans le regard.

Il ne s'apercevait pas toujours des erreurs qu'il commettait mais quoi qu'il en soit, il les assumait avec tant d'aplomb et de flegme que l'on en arrivait à douter soi-même de ce que l'on venait d'entendre. Il était comme un cascadeur qui vient de se vraquer dans la poussière et qui se relève comme si de rien n'était, sans même prendre la peine de s'épousseter.

J'adorais les petits silences que nous avions entre amis quand il cascadait dans les mots, nous annonçant solennellement qu'avec son « œil de larynx » il voyait tout…

C'eût été un crime de rire ou de le reprendre car le voir assumer aussi tranquillement était tout aussi magique que ses mots pouvaient être drôles, ça le rendait irrésistible.

Il était toujours comme ça, pas seulement vis-à-vis de ces cascades poétiques involontaires, il faisait face à toutes les situations avec le même flegme. Je crois bien qu'il n'a jamais eu mal à la tête, ni même mal nulle part. En tout cas, il ne me l'a jamais dit.

J'ai l'impression que lorsqu'il transpire, les gouttes glissent à l'intérieur de son crâne, juste pour ne pas montrer qu'il est en difficulté. Quand il sera vieux, il ressemblera à Robert Mitchum et quand il clamera, sûr de lui, qu'« il ne faut pas jouer à la roulotte russe », personne ne rira de lui et tout le monde aura un joli sourire conquis posé sur les lèvres.

HISTOIRE D'ORAGE

On a glissé sous l'orage, c'est à peine s'il nous a effleurés de quelques gouttes avec son odeur de poussière mouillée.

Le ciel craquait de toutes parts comme s'il n'était qu'un vaste plancher noir et bleu et que des dizaines de démons gras du bide sautaient dessus et passaient à travers... On avait la sensation qu'il allait nous claquer à la gueule comme un élastique que l'on tend de plus en plus fort mais non, on a glissé sous son ventre gonflé d'électricité jusqu'à plus loin à travers la ville.

C'était la première fois que je semais un orage de cette taille et j'étais tout fier de me retourner pour le voir rugir derrière nous tout énervé qu'il était de nous avoir ratés.

Et ça sentait l'odyssée, le western, la poussière mêlée de pluie. Les aiguilles des horloges se tordaient derrière les nuages pour nous indiquer l'arrivée imminente de la nuit et ça, malgré nos longs skates en forme d'avion, nous n'y échapperons pas.

L'INTERRUPTEUR ÉLASTIQUE

C'est mal foutu la mort, le sommeil, tout ça. On devrait pouvoir, comme les machines, appuyer sur un interrupteur pour mourir de temps en temps et pour quelque temps. Plus que dormir, vraiment mourir, déconnecter les rêves, la somnolence, les spasmes, éteindre. S'éteindre tout seul parce que l'on sait que le sommeil ne suffira pas, que l'aube arrivera trop vite. Clic ! plus rien, mort.

Il y a bien des gens qui savent presque, en respirant bien, appuyer sur leur interrupteur pour se soulager sans se faire flamber la gueule instinctivement ; moi je n'y arrive pas. Des gens magnifiques et bien intentionnés (peu) essayent de m'apprendre le truc de l'interrupteur élastique, respirer, se détendre, lâcher prise. Je sens bien qu'il va me falloir maîtriser cet art élastique rapidement, infléchir doucement la courbe caoutchouteuse de mes nerfs sans les tordre systématiquement.

Sinon CLAC, juste un petit truc qui bascule.

LONGBOARD BLUES

1. Philéas Smog

Philéas Smog s'en foutait pas mal de savoir si la Terre était ronde ou plate, ce qui l'intéressait, c'était de la parcourir. Plus précisément, de glisser dessus.

Il venait de fabriquer le tout premier longboard de l'histoire de l'humanité et il comptait bien éventrer le *fog* londonien pour de bon et enfin échapper à ces gens et réverbères glabres qui louchaient par-dessus son épaule depuis bien trop longtemps.

2. Une mine d'or

Il avait arraché sa planche de skate à la carcasse d'un bateau. Il l'avait trouvée sur les plages de Scarborough, éventrée, grouillant de crabes au milieu d'une dizaine d'autres épaves toutes penchées dans le sable, comme nauséeuses.

Il récupéra quelques squelettes de métal rouillé et autres armatures tordues puis il prit la direction d'une ancienne mine d'or à quelques miles de là. Il ne fantasmait même pas sur l'idée de trouver de l'or, non, lui ce qui l'intéressait, c'était récupérer les petites roues des chariots pour son skate.

Quand il entra dans la mine, il fit connaissance avec une nouvelle forme de *fog*, rien à voir avec le monstre en sucre bedonnant qui enveloppe la capitale... C'était noir, gris et noir comme si les nuages venaient d'être calcinés et que l'on avait éparpillé leurs cendres un peu partout contre les murs. Les maigres faisceaux de lumière disparaissaient un par un à chaque fois qu'il avançait d'un pas, comme de la neige stoppant sa chute progressivement dans une nuit sans étoiles. Noir. Il avait beau écarquiller les yeux à s'en déchirer le globe oculaire. Rien-noir et noir-rien. Il sortit son couteau et découpa un morceau de brouillard pour le fourrer dans sa poche ; puis il continua à lacérer l'obscurité tranquillement. Il avait pour habitude de découper le brouillard et de mettre les morceaux dans ses poches. Avec un peu de *fog* londonien mélangé à du whisky et de la menthe, il avait inventé une colle forte très efficace (mais qui avait l'inconvénient de s'évaporer au soleil). Un jour de solitude un peu lourd, il avait même trempé ses lèvres dedans, et c'était comme s'il avait bu à même le cratère d'un volcan, un putain de goût de feu. Bref, il avait récupéré une nouvelle sorte de brouillard, mais pas l'ombre d'une roue pour son longboard. Il avançait encore avec son air de Don Quichotte aveugle mais le fantôme noir qui vivait encastré au fond de la mine ne daignait saigner la moindre petite goutte de lumière. Toujours du noir et du rien. Il fit demi-tour et sortit par ce qu'il pensait être l'entrée… Ses roues, il finit par les trouver près d'un chemin de fer alors qu'il ne cherchait même plus. Elles étaient là, posées comme des bijoux de rouille, excitantes comme la trouvaille d'un œuf de Pâques dans un buisson. C'était une vieille locomotive édentée qui sentait bon le fantôme cuit sur les charbons ardents, la suie et l'humidité. Les roues étaient énormes et lourdes, complètement inadaptées à un skateboard, mais il ne le savait pas, vu que le skate (ou long) board n'existait pas encore.

Les vieux trucs pourris c'était vraiment son élément, il n'y avait qu'à l'enfoncer dans le brouillard avec des trucs rouillés et il s'amusait pendant des heures. Ça prenait un côté rituel de sorcellerie métallique, il aimait cette matière abîmée, il la sentait vivante. Il se réchauffait l'âme auprès de tout ce matériau carbonisé par le temps.

3. Rituels

Il avait un côté un peu polythéiste, il voyait des dieux ou des fantômes partout pousser dans le contreplaqué de sa planche, les trains, les bateaux, les chats… tout le monde avait son dieu à l'intérieur. C'était le printemps et son imaginaire bourgeonnait de fantômes-mini-dieux. L'idée de prendre la route avec son engin collé au brouillard et au whisky-menthe le picotait d'allégresse. Il voulait se barrer, c'était le point final à tous les petits rites bizarres qu'il s'inventait. Maintenant, il lui fallait une traversée pour laver son esprit. Une fois rentré chez lui, il découpa sa planche pour lui donner une forme de surf. Il colla les armatures de métal pour fixer les roues avec du whisky-menthe et un morceau de brouillard noir qu'il avait récupéré dans la mine, ça marchait très bien. Son rêve prenait forme. Le lendemain à l'aube, il était parti, pas de destination précise, pas de bagages, juste un peu de brouillard dans les poches au cas où il faudrait réparer quelque chose.

4. Le grand départ

L'ouvrage de neige tricoté point par point par les nuages et l'hiver s'effilochaient. Même le *fog* et ses flancs accrochés à la Tamise devenaient transparents. Le printemps et son soleil tout neuf passaient à travers, comme le feu derrière une bûche. Philéas Smog, sur son longboard, quittait Londres et découvrait son ombre à travers les étincelles que produisaient ses roues sur le bitume. En montée, il devait consentir à un effort sportif conséquent pour faire avancer son engin, mais en descente, ce truc prenait de l'inertie et le propulsait à travers les villes comme un boulet de canon. L'aube se dépliait devant lui, à peine fissurée par un mini-bouquet de flammes posées sur la ligne d'horizon.

5. L'arrivée des spectres

L'horizon, il le touchait presque tous les quarts d'heure ; en haut d'une colline ou tout au fond d'une ville il se retrouvait à glisser dessus, à se faufiler dans son imbroglio de veines électriques. Il nourrissait son énergie en se frottant à elle, les roues de son « longboard-train » opérant comme un silex étincelant aux creux des perspectives tressées comme un fil à haute tension. Quand il se retournait, il pouvait voir grouiller tout un mélange de spectres qui s'accrochaient à ses talons. On aurait dit une espèce de soupe froide avec des yeux menteurs tourbillonnant comme d'horribles petites bulles de chair.

Il aurait bien balancé un bouquet de bombes confectionné avec ses nerfs et sa peau à travers leurs gueules, mais c'eût été trop dangereux. Il y avait d'étranges rescapés, quelques rares gens-diamants qui flottillaient dans cette bouse et il ne voulait en aucun cas leur faire de mal. Alors, il continuait de se traîner une nuée de connards et de connasses impressionnante, de femmes-mégots à l'âme décolorée par l'ennui et rougie par l'excitation mesquine du pouvoir, toute une bande d'étrons avec du rouge à lèvres et autres ex-humains devenus quelque chose d'autre, quelque chose de flasque et d'agressif à la fois.

Peut-être fallait-il seulement les oublier pour les faire disparaître… En tout cas, il fallait se laver l'âme, se doucher d'oubli, de vent, de lumière et si possible d'océan pour éliminer toute la crasse qui s'était déposée sur lui à leur contact.

6. Premières visions

Après plusieurs jours de voyage, les efforts physiques mêlés au manque de sommeil et à la frugalité de ses repas lui offrirent ses premières visions. Tous les spectres de bouse semblaient avoir séché derrière lui et il n'entendait plus que le doux cliquetis d'une étrange chute de neige. Il neigeait des poussins minuscules. « Qu'est-ce que c'est que cette putain de neige jaune ? » s'était-il demandé. Puis, en observant les flocons de plus près, il avait remarqué les petits becs et les yeux refermés dans les pattes toutes recroquevillées. Il s'agissait bien de petits poussins, il neigeait des poussins, un vrai Pâques de chair et de plumes. Et tous les poussins se réveillaient en touchant le sol et bâillaient de tout leur bec en étirant leurs ailes dans la nonchalance d'un dimanche matin, dodus, gracieux et libres. Ça faisait le bruit d'une horloge en feutrine et même le bitume semblait se ramollir pour les accueillir avec la douceur nécessaire. Le chef d'orchestre de tout cet enchantement était un tout petit morceau de femme-flocon avec des yeux ressemblant à des poussins. À chaque fois qu'elle battait des cils, ses pieds décollaient légèrement du sol. Le doux vacarme que ça faisait ! Il s'était approché de ses yeux pour écouter ça, cet engrenage de tout petits « clic ! » et de tout petits « flap ! ». Elle était assez irrésistible, sans doute une ex-danseuse ou un ex-tout-petit-cheval-blanc, un hippocampe des neiges. Elle soufflait des poussins à travers un cercle de diamants pour organiser ces averses de tulle. Chacun des poussins faisait s'échapper de ses paupières une petite dizaine de nouveaux flocons-poussins qui allaient se bousculer au reste de l'averse, fragiles comme des bulles de savon. Le doux vacarme de ses cils… enveloppait Philéas Smog. Il était assis dans son sourire, attentif à chacun des petits bruissements que produisaient ses yeux immenses, comme s'il écoutait un œuf éclore. Il s'était rapproché pour écouter tout ça. Ses cheveux étaient des fils électriques dénudés palpitants d'étincelles comme de tout petits morceaux d'horizon découpés dans un paysage neigeux. Elle s'amusait à l'éblouir de son électricité de sucre, elle sentait le sucre et le feu mélangés. Elle semblait infiniment douce et dangereuse à la fois. Un truc piégé, une bombe atomique ondulant sous la peau d'un œuf de Pâques.

7. Le retour des spectres

Philéas Smog sur son engin mi-longboard mi-train dégoulinant de pluie et de visions palpitait comme un cœur tout entier. Tous les spectres de pus se regonflaient derrière ses talons comme un abcès mécanique et la petite femme-flocon clignotait comme un parasite assise sur la ligne d'horizon, secouée de spasmes comme un faux contact électrique. Il croyait pourtant les avoir semés mais non, ils revenaient à la charge avec leurs dents écartées, leurs bijoux en or et leurs chaussures de vieilles. Ils étaient tous là, rigides et rances, à piétiner les oiseaux morts. Le bruit de bec des poussins écrasés résonnait à chacun de leurs pas.

« Ces gens-là », comme on les appelle, sont entièrement désincarnés et ça fait toujours froid dans le dos de voir ses propres rêves s'écraser entre leurs dents.

Philéas Smog sortit un morceau de brouillard de sa poche et le mélangea lentement à sa chevelure. Ainsi, il put se confectionner la coiffure d'oiseau adéquate à son projet d'envol. Il prit son élan tout en haut d'un horizon ronflant de criquets et autres petits bruits de buissons pour foncer droit dans les spectres. Les étincelles giclaient de ses roues, s'étiraient jusque dans ses yeux et au bout de ses mèches de cheveux. On avait l'impression que sa colère produisait encore plus d'étincelles que le frottement des roues métalliques contre le bitume. Au moment exact où il traversa les spectres, il était devenu un incendie. Quand il s'éveilla, en équilibre sur la ligne d'horizon avec son ventre gargouillant comme une famille de grenouilles, il ne vit que du bleu à perte de vue. Seuls quelques trésors électriques clignotaient au bout de la ligne d'horizon. Il y avait aussi quelques morceaux d'arc-en-ciel étendus là comme les sous-vêtements du ciel. Il décida de prendre le chemin indiqué par les lumières, il commençait à ressentir le pressant besoin d'emmitoufler sa carcasse dans quelque chose de doux.

Au loin, une ville apparaissait comme une décalcomanie ou un reflet bardé de ponts et d'horloges enfoncées dans Les nuages. Il ne le sait pas encore, mais c'est chez lui qu'il retourne.

FIN DU PREMIER ÉPISODE

LONGBOARD BLUES 2

Philéas Smog s'est rendu compte qu'il arpentait les rues de sa ville natale lorsque Big Ben lui a sonné 8 heures en pleine tronche.

Il descendit de son longskate cabossé et se mit à vociférer comme s'il réprimandait Big Ben en personne de l'avoir sonné ainsi. « Mes amis les spectres, il va pleuvoir sur vos gueules ! des gouttes de pluie coupantes comme des scies, un orage de lames de rasoir va s'abattre sur la ville, même les trottoirs vont perdre du sang et tout le monde va se mettre à boiter en hurlant comme des chats qui se battent...

— Hey », l'interpella une jolie jeune femme ressemblant étrangement à la femme-flocon qu'il avait croisée pendant son « voyage ».

« Philéas Smog ! Qu'est-ce qui te prend à hurler comme ça de bon matin ? Et puis c'est quoi cette merde à roulettes, c'est ton Sancho Pança ? Tu veux te battre avec Big Ben ? Tu devrais commencer par une bonne nuit de sommeil... »

Il se retourna et lui sourit, « Tu peux me refaire le coup du poussin ?

— Pardon ?

— Oui, en clignant les cils, tu sais...

— Comme ça ? » fit-elle en clignant les cils soigneusement, aussi sensuelle que Betty Boop et Marilyn Monroe réunies, activant au passage toute sa gamme de fossettes et de formes de sourire.

« Oui, exactement comme ça », répondit-il.

Ils marchèrent ensemble un moment et elle lui racontait ses histoires de tous les jours (elle était très bavarde). De temps à autre, Philéas Smog scrutait le ciel pour ne pas rater l'arrivée de la neige et de ses flocons-poussins.

« Tu ne m'écoutes pas, Philéas Smog ! » dit-elle.

« Si, si, justement, je suis tellement attentif, que tu as L'IMPRESSION que je ne t'écoute pas… »

Elle sourit, un sourire à double sens, pile entre « Tu te fous de moi… » et « Tu t'en sors bien ».

Il se mit alors à l'inonder de toutes Les questions qu'il se posait depuis son départ.

« Qu'est-ce qu'on devient quand on oublie les connexions enfantines, quand on les range dans un coffre du cerveau et qu'on ferme à clef comme un grenier pour jouets cassés ? » Puis, « Qu'est-ce qu'on devient quand on a terminé d'être amants, que ça y est, on est casé, que c'est sûr, que ça devient une fatalité ? » et encore, « Qu'est-ce qu'on devient lorsqu'on laisse s'évaporer nos propres rêves, quand on les regarde s'éloigner comme des petits nuages blancs emportés par la brise, ces fameux rêves qui irriguent l'espoir et toute la machine à pétiller de l'esprit ? qu'est-ce qu'on devient quand tout ça s'assèche petit à petit que même la notion de jeu devient étrangère et que même l'idée d'adrénaline fait peur ?… Qu'est-ce qu'on devient quand on ne se jette plus dans le feu de l'action et qu'on se met à tout trouver "sympa" au lieu d'aimer vraiment les choses ?

— Un vieux con, voilà ce qu'on devient », répondit-elle.

« Ouais… » reprit-il avec du sourire plein la voix, « c'est incroyable comme tu me fais penser à un poussin quand tu bats des cils… »

Elle recommença son sourire à fossettes mitigé entre le « Tu te fous de moi… » et le « Tu t'en sors bien ».

Ils se souhaitèrent bonne journée un peu plus loin en direction de Trafalgar Square.

PARIS-TEXAS-PARIS

À Paris, on habite dans un nid sous les toits. Les cigognes désordonnées font souvent tomber de leurs poches trop remplies des Kinder Surprise, des long-boards, des compotes, des livres de John Fante, du Coca, des disques… Le nouveau Sparklehorse[1] vient juste de glisser sous le Velux et pendant que je nettoie les roulements à bille de mon longboard, il fait la conversation avec mon imaginaire et c'est comme si j'étais en train de m'occuper des sabots d'un cheval dans un ranch au Texas.

---

1. *Groupe de folk-pop extraordinaire.*

FOOTBALL EST AMOUR
(DANS LA NEIGE)

Jouer au football dans la neige, c'est parfait pour tomber amoureux.

À chaque fois que l'on marque un but, on se serre dans les bras en hurlant de rire et mine de rien on mélange nos petits nuages de fumée froide, on écoute le bruit de nos anoraks qui glissent les uns contre les autres.

Trouvez-moi un truc pour se jeter dans les bras d'une inconnue, se frotter contre elle en riant et en criant sans passer pour un fou furieux... Il y a bien l'alcool, mais ça périme les souvenirs après coup ; alors que le « football dans la neige » fabrique des souvenirs parfaitement limpides.

Et on fait des tacles, et on se tombe dessus, et on rigole... À la fin, on est tout mouillés, contents et surtout complices... C'est tellement important d'être complice !

J'ai percuté la fille de mes rêves sur un corner et c'était tout de violence voluptueuse douce au ralenti. J'étais à terre, le souffle coupé et elle saignait du nez dans la neige. On aurait dit des pétales de coquelicots liquides s'enfonçant dans la poudreuse.

Je lui ai demandé « Ça va ?... ». « Oui », m'a-t-elle répondu.

J'avais envie de lui dire pour les coquelicots tout ça mais j'étais complètement bloqué, alors j'ai vaguement répété « Ça va ? », elle a répondu que « Oui ».

Elle s'est arrêtée de jouer et tout de suite ce fut moins drôle. Elle nous regardait à peine, le nez enfoui dans un mouchoir en papier et je commençais à sentir le bout de mes pieds se geler.

Le match s'est terminé peu de temps après et personne n'est tombé amoureux de personne mais je continue de penser que jouer au football dans la neige, c'est une des meilleures situations pour tomber amoureux.

IRLANDE : HISTOIRE
DE BOUTEILLES À SENSATIONS

Aujourd'hui, j'ai acheté un livre de Jorn Riel, on me l'a servi dans un petit sac en papier et on aurait dit que je venais d'acheter un croissant au chocolat et une meringue.

Boulangerie-librairie-pâtisserie, voilà exactement le genre de boutique que j'aimerais fréquenter. Un rayon livre, un rayon éclair au chocolat et quelques tables pour lire en mangeant des gâteaux.

Maintenant, je suis prêt, avec ce livre plein d'histoires groenlandaises, pour mon premier grand voyage vers les vagues.

Pour être sûr que mon petit livre polaire résiste à la chaleur et ne fonde pas avant que je l'aie terminé, et pour quelques autres raisons, nous avons décidé de faire notre apprentissage du surf en Irlande.

Après s'être battu avec des combinaisons intégrales trop petites puis trop grandes, on s'est mis à l'eau comme deux petits phoques avec des planches sous le bras et du brouillard opaque blanc collé dans les cheveux.

Quand une vague te prend et te monte comme un ascenseur dans l'eau et te fait voir le paysage de tout en haut, et que tu as la chance de glisser sur elle, c'est de la magie pure et simple. Ce que tu sens, ce que tu vois et ce que tu entends, c'est de la transfusion d'After Eight[1] dans le sang. Ça ressemble à l'idée de rêve que je me fais de la sensation d'envol. J'avais terriblement envie de faire partager ça, Molly avait aussi reçu sa

---

1. *Merveilleux petit gâteau anglais très fin au chocolat craquant avec de la mousse de menthe à l'intérieur.*

piqûre d'After Eight sur son bodyboard et nous étions pétillements sauvages mélangés tous les deux en plein brouillard. Minuscules mais profondément heureux.

Après, j'ai vomi, peut-être que la surdose d'After Eight m'est restée sur l'estomac, je ne sais pas, mais j'ai vomi. J'ai voulu mourir tellement j'ai vomi fort. Une tronçonneuse glacée se baladait dans mon ventre et commençait à me découper l'esprit par en bas.

Molly a parlé en anglais avec le docteur ; à tous les deux, ils m'ont réparé. Quelques heures plus tard, je marchais tout doucement et je déglutissais avec méfiance. Ma main dans celle de Molly et toujours de la brume dans les cheveux, je me sentais à la fois comme un tout petit enfant et comme un très vieil homme. La moyenne des deux donne à peu près vingt-sept ans, le compte est bon.

Ça aussi j'aimerais le faire partager, si je pouvais jeter des sorts, j'en connais deux ou trois qui se retrouveraient avec des crises de vomi et tronçonneuse glacée dans le ventre de temps en temps. L'idéal serait de pouvoir offrir des « bouteilles à sensations ».

On irait chez le marchand de « bouteilles à sensations » et on pourrait en acheter pour faire goûter à ses amis...

Genre « Crise de vomi en Irlande » mais aussi « Sensation de voler sur une vague de taille moyenne dans la baie de Tramore, Irlande » ou encore « Saut en parachute » ou « Penalty victorieux en finale de coupe du monde » ou « Fraises des bois avec un peu de sucre » et, aussi, quelques trucs de cul.

C'est juste qu'après avoir goûté à cette première vague, j'ai eu le profond désir d'envoyer cette sensation par la poste, ou de la téléphoner à mes meilleurs amis. Un peu comme lorsqu'on vient de finir un livre fantastique ou que l'on sort d'une salle de cinéma comblé par ce que l'on a vu. Sauf que cette histoire de vague, il n'y a pas d'autre moyen que de la glisser dans une petite bouteille bleue avec une inscription sur l'étiquette « Sensation de voler sur une vague de taille moyenne dans la baie de Tramore, Irlande ».

BOUSES D'ANGES

Sur le bas-côté de la route, il reste quelques petits monticules de neige, c'est ce qu'il reste de l'incroyable pyjama blanc que revêtait le paysage il y a encore quelques jours. Seulement là, ce ne sont plus que quelques bouses d'anges éparpillées.

Il paraît que les anges ne mangent que des œufs à la neige et seulement le blanc, sinon ils jaunissent.

L'ÉQUIPE DE FOOT
DES BONSHOMMES DE NEIGE

Aujourd'hui, le ciel est étrangement blanc. Immaculé.

Je regarde par la fenêtre et je soupçonne l'équipe de foot des bonshommes de neige.

Ils ont gagné leur match, ils sont contents alors ils pètent et se roulent par terre en riant.

Aujourd'hui, le ciel est étrangement blanc. Immaculé.

LA PÂTE À BISOUS

De
la pâte à bisous,
voilà ce qu'elle est. En
pyjama, en robe de soirée, dans
son bain, sur son longboard ou
devant la télé, c'est une pâte à bisous.
Une vraie petite crêpe avec de jolis
petits seins, des taches de rousseur et
des yeux remplis à ras bord de limonade.
Tout le temps elle me donne
envie de l'embrasser, de me rouler
contre elle et tout ça.
Une vraie pâte à
bisous.

CHERCHEUR D'OR

Je secouai mon tamis dans la rivière, c'est étrange pour un chercheur d'or de tomber sur de la merde.

De la merde liquide et lâche qui s'effiloche le long du tamis, des espèces de larmes de cul.

J'ai jeté mon tamis comme un Frisbee aquatique et il a mollement ricoché vers le haut de la rivière. Quand il est repassé devant moi en descendant, ça m'a fait penser à d'anciens amis.

LA PÂTE À BISOUS PART. 2

CHOCOLATE BOOKS

J'ai trouvé des *chocolate books*, ces gâteaux-livres à la fleur d'oranger, chez le pâtissier-magicien de la rue Turbigo. Ces gâteaux-là, tu les manges et quand tu les digères, ils s'ouvrent comme un livre dans ton estomac. Alors tu te mets à sautiller comme un boxeur stressé et c'est comme si tu lisais sans rien faire, ou que tu écoutais l'elfe-conteur de l'œsophage avec tes oreilles internes. C'est bien, moi, j'aime bien manger et écouter, ça va bien ensemble je trouve.

UNE HISTOIRE DE VAMPIRE.
Voilà, ce gâteau était fourré à l'histoire de vampire. Un vampire de Labello. Labello fruits rouges et vanille.

À la nuit tombante, il sortait de son cercueil en plastique tubulaire pour repérer les filles aux lèvres brillantes comme un ciel étoilé et autres bouches de lunes sucrées. Alors, il se laissait tranquillement pousser le sourire en coin pour passer à l'attaque.

Il parlait un très bon « anglais érotique », avec beaucoup de souffle dans la voix et une façon presque écossaise de rouler les « R ». L'anglais érotique est très souvent utilisé par toutes sortes de vampires, celui-ci ne faisait pas exception à la règle.

Une par semaine, il lui en fallait une par semaine pour rester en bonne santé physique et mentale. Sinon, sa peau se fanait comme les pétales d'une rose blanche peuvent le faire, et il vieillissait à vue d'œil.

Il était condamné à tomber amoureux et à faire tomber amoureux pour seulement quelques minutes, il était le prêtre de l'éclair, il marchait à la foudre, à la vanille et aux fruits rouges. Il courait même ! lorsqu'il voyait scintiller les comètes de pulpe. Il aimait réellement ses proies intensément, toute sa passion étant concentrée dans ces quelques instants dérobés à l'éternité. Il s'humectait l'âme tout entière en léchant le Labello à même les lèvres de ses proies puis il volait en éclats. Comme une vitre peut voler en éclats. Lorsqu'il sentait que le baiser allait prendre fin, que le goût de Labello s'estompait pour laisser la place à quelque chose d'encore meilleur ou de décevant, d'un seul coup, il volait en éclats. Il se retrouvait éparpillé dans les arbres, sur le toit des voitures, dans la peau de ses proies, dans les poubelles, dans les ailes des oiseaux et même dans les égouts.

Il retrouvait son corps en un seul tenant quelques heures plus tard et il s'y sentait merveilleusement bien, comme s'il venait de prendre un bain. Son cœur par contre traînait par terre et continuera de traîner par terre jusqu'au prochain éclair.

Quant à moi, je vais aller me chercher un nouveau *chocolate book*, juste par gourmandise.

HISTOIRE DE FANTÔMES
EN PAPIER

Cette nuit, les mouchoirs en papier usagés se sont mis à danser dans ma corbeille. De vrais petits fantômes, tout fripés et tout sales.

L'un d'eux a essayé de s'envoler par-dessus la corbeille, attiré qu'il devait être par le ciel électrique tout en néons et toiles d'araignées de mon appartement.

Mais il s'est pris les pieds dans un chewing-gum à la menthe pas tout à fait sec. Ça faisait marrer les autres, ils avaient la gueule pleine de morve, ils étaient assis dans une poubelle mais ils se foutaient de la gueule de celui qui s'était pris les pieds dans le chewing-gum à la menthe.

HISTOIRE DE FANTÔME
(EN PAPIER)

HISTOIRE DE LOUPS

Derrière le toit de la maison, il y a une pinède qui dépasse. Elle penche méchamment de l'autre côté du village. Son parterre d'épines ressemble à un mikado géant qui selon les saisons sent bon la pluie, la résine, le cramé ou les trois en même temps.

En été, elle sert de terrain de football accidenté à permutations multiples. On peut imaginer les cages de but entre tel sapin et tel autre, il suffit de les repérer avec un tee-shirt ou un gant. Il y a tellement de sapins que l'on peut décider très précisément de la taille du terrain, de sa pente et de l'espace entre les poteaux de but. Évidemment, on sort toujours de ces parties éreinté avec des aiguilles un peu partout, plantées dans les vêtements et les cheveux. On se sent bobine de fil vivante, dodelinant dans une énorme boîte à couture en bois.

Quand tous les ballons sont crevés ou qu'ils disparaissent par-delà les palissades avoisinantes, on grimpe aux arbres. Les cages de foot deviennent mâts de cocagne avec écureuils, pommes de pin, nids d'oiseaux… Et puis, une fois bien haut, le vent change de son, on peut même dire qu'il fait du bruit. Les bras d'écorces qui ne sont plus vraiment des branches à la cime des arbres se colimaçonnent de plus en plus et on se retrouve nez à nez avec des nids d'hirondelles. Alors, on s'arrête de grimper, on essaye d'écarter les doigts et c'est impossible. Ils sont collés les uns aux autres avec la résine de pin, ils sont comme coincés dans une moufle trop petite, comme si l'on s'était endormi avec la main plongée dans un bac de sirop pour la toux.

De là-haut, on peut regarder les chiens-loups aux aguets derrière les palissades, des chiens-loups qui deviennent vite des loups tout simples quand le vertige et les doigts collés commencent à poser la question de « comment je vais descendre, putain ? » Alors on reste un peu assis à côté du ciel qui coagule. Le froid commence à s'acharner sur le bout des doigts et des pieds, comme si tout était télépathiquement guidé par les mâchoires des loups chiens-loups derrière les palissades. Sous les pieds, le labyrinthe de branches et d'épines semble avoir changé de code, comme la mécanique d'un casse-tête chinois ou d'un coffre-fort. On essaye encore de profiter des hauteurs mais le vertige excitant se mue imperceptiblement en vertige tout court.

Je sais très bien qu'à l'intérieur mon sang tourne et change de couleur. Je ne retrouve ni le nid d'hirondelles, ni les écureuils mais le râle des loups s'intensifie et résonne comme s'ils avaient franchi les palissades. Le froid continue de me rapetisser, penser utiliser le bout de ses pieds pour dégrimper devient illusoire. Au loin, le village commence à crépiter tout en fenêtres, lampadaires et télévisions. C'est la guirlande ourlée de lumières domestiques qui vient réconforter les humains après une journée de travail en hiver. Les branches elles aussi semblent disparaître, je les confonds avec les ombres et je sais bien que Les ombres ne sont pas assez solides pour que je m'appuie dessus. Plus les minutes glissent, plus il y a d'ombres et moins il y a de branches. Je me mets à penser à Pâques, aux œufs en chocolat dissimulés dans les buissons, je pense à la douceur de se mettre en pyjama et d'aller grignoter quelques minutes de squatt devant la télé, surtout s'il y a un match de coupe d'Europe ou un western parce que maintenant, ce n'est plus vraiment l'heure des dessins animés.

Le froid s'intensifiait, c'est à peine si j'osais humecter mes lèvres de peur qu'il cadenasse ma salive et que je me retrouve avec un amoncellement de mini-congères à la commissure des lèvres.

Allez, je descends léger comme je suis, même les branches les plus délicates et leurs ombres me soutiendront. J'allais de craquements en craquements, en apnée totale sans même entrevoir la possibilité d'un claquement de cils. L'extrémité de mes membres gelés se posait sur les branches et leurs ombres, raides et sèches comme des pattes d'oiseaux morts.

Cinq minutes ou cinq heures plus tard, je regagnais la terre ferme, sa mousse douce et ses épines craquantes, j'ai dégringolé le reste de la pinède comme un morceau de vent en prenant garde de ne pas croiser les regards des chiens, des loups ou quoi que ce soit d'autre.

Aujourd'hui encore, en plein jour, en plein centre-ville, il m'arrive de ressentir ce frisson glacé et j'ai cet arrière-goût de lune âcre coincé entre les dents. Les loups ont juste changé d'apparence. Ils se sont modernisés, électrifiés, urbanisés, blanchis, cravatés et malgré leur haleine chargée de mazout, conséquence du pétrole qu'ils ont dans le sang, on les discerne encore plus mal au milieu de l'effervescence de la rue que dans une pinède un soir d'hiver…

CRÉPI À LA MERINGUE

Il devait être à peu près deux heures du matin, j'étais dans un hôtel Ibis du quinzième arrondissement de Paris. Le crépi était onctueux comme l'intérieur d'une meringue, de partout sur les murs, ça s'enroulait, ça soupirait presque.

Je me serais bien décollé la moitié du couloir pour le manger devant la télé.

Sauf qu'à cette heure-ci, il n'y a que des émissions sur la chasse et des films de cul et que le crépi, aussi onctueux soit-il, ça a vraiment un goût dégueulasse.

FILM PORNO
AVEC DES FANTÔMES

J'ai enfoncé mes draps dans une grosse machine de la laverie juste à côté de chez moi.

Je les regardais s'emmêler et se tordre à travers les bulles à enfler et ronronner dans la mousse. Un vrai film porno. On aurait dit des fantômes en train de se lécher toutes les parties du corps dans un tourbillon.

Comme d'habitude, le petit Chinois qui tenait le magasin était tout plissé de rire. Il se marre tout le temps ce mec. Tu lui dis « Bonjour », il se marre, tu lui rends la monnaie, il se marre, tu lui dis « Au revoir », pareil. Et si tu te mets à rire avec lui, il se plie en deux et balance de grandes claques sonores sur le hublot des machines en toussant.

Je me demande bien ce qu'il voit à travers ses yeux aplatis pour se marrer comme ça.

En tout cas, chaque fois que j'y vais, je reviens tout pétillant, d'excellente humeur, comme s'il m'avait injecté de la limonade dans le sang.

LE FANTÔME DE LONDRES

Je venais de perdre mon passeport pour la deuxième fois en trois jours.

Le gros fantôme de brume qui passe son temps assis sur Londres l'a avalé. Il l'a fait disparaître dans les interstices de son estomac et cette fois je ne le retrouverai pas.

Fog, c'est le nom que les Londoniens donnent à ce fantôme. J'ai bien essayé de chercher mon passeport en me glissant, longboard sous les pieds, dans son ventre tout de métro et de pubs constitué, mais il restait introuvable.

De Trafalgar Square à Abbey Road en passant par Camden Town, le *fog* s'enfonçait dans les murs. Les trottoirs enflaient sous le poids du monstre et se perçaient pour libérer une boue collante qui s'enroulait autour de mon skate.

Ma tête se vidait, je ne sentais plus rien si ce n'est le picotement génial de l'accent britannique qui voletait autour de moi. Les horloges élégantes jusqu'au bout de leurs aiguilles avaient beau se planter dans son ventre vaporeux, le fantôme restait increvable, insaisissable comme un morceau de fumée.

Les façades colorées des petites boutiques se diluaient comme du plastique liquide, tout devenait blanc, blême et liquide. Je commençais à me transformer en tout petit morceau de *fog* moi-même. Je n'avais plus d'ombre et mon skate était incroyablement sale. Je n'étais plus qu'ondulations et roulettes, mon esprit se fermait. Un vrai bug de cerveau. Les traces de mon skate étaient étrangement onctueuses, comme en accord avec la composition graphique des traces de pas. Je devenais un fantôme. Peut-être étais-je condamné à errer dans

Londres pour l'éternité sur un longboard crasseux. Putain de passeport ! Je ne sais jamais où le foutre.

Si je reviens vivant, je me ferai tatouer le duplicata sur le bras, si je suis définitivement devenu un fantôme, je me le ferai coudre sur le drap.

En plus de mon passeport, j'avais également oublié mon rasoir. Le bas de mon visage semblait transpercé d'un million de petites aiguilles rouillées.

J'ai remarqué ce détail en passant devant la vitrine d'un coiffeur. Mon reflet était complètement vissé sur mon skate et je me suis dit que je ferais bien de passer au consulat. Après tout, je me voyais dans la glace à travers la peau du *fog*, ma barbe poussait et je commençais à avoir faim, donc je n'étais pas mort du tout. Je n'allais pas me laisser aller à hanter les rues de Londres indéfiniment sans essayer de me procurer un « laissez-passer » pour rentrer chez moi.

J'ai récupéré le papier en question, mangé un morceau, traversé la Manche dans un train, lavé mon longboard et rasé ma barbe et mon cerveau s'est remis en marche. Je crois que je vais aller au cinéma.

LE FANTÔME DE LONDRES (ÉPILOGUE)

Quand je suis rentré, mon lit avait un bon goût de fantôme. Mais rien à voir avec ce *fog* obèse bouffeur de passeports. Dans les draps et leurs fibres, je pouvais sentir comment elle était allongée là quelques jours plus tôt. Et son parfum volait encore comme de fines tranches de *fog* rose-orange.

Juste une sensation de douceur encore tiède que j'essayais de prendre dans mes bras pour arriver à m'endormir.

DANS LE CAMION

Pleine lune, les nuages trempent dedans comme d'incroyables tartines bleutées. On dirait des morceaux d'océan coagulés dans le ciel.

Toutes ces conneries pour une pauvre pleine lune à travers la vitre du camion, tout ça parce que mon cerveau n'est pas sec ; plein d'océan, il ruisselle de sensations de vagues et je fais tout pour ne pas l'éponger.

Je ne sais pas encore si je pourrai y retourner bientôt alors je stocke ces images et sensations et je les ressors pour m'endormir. En continuant de regarder à travers la vitre, sous les vagues, on peut apercevoir un petit tas de vraies maisons agglutinées sur les collines, toutes mignonnes et silencieuses dans le bleu de la brume. Le cimetière à l'intérieur ressemble à une vieille boîte en carton pour ranger les morts.

Dans mon jardin, j'ai enterré deux hamsters et deux tortues qui avaient gentiment agrémenté l'atmosphère de ma chambre pendant quelques années.

Je les avais disposés dans une boîte en carton, ils ressemblaient à des jouets cassés et je les ai enterrés.

En voyant ce cimetière miniaturisé par le lointain, ça m'a rappelé celui qui est toujours quelque part dans le jardin.

HISTOIRE D'ÉCUREUILS

Je veux être un écureuil pour me nourrir uniquement de noisettes sans tomber malade.

Quand j'irai au restaurant, je demanderai le menu spécial noisettes avec une portion de noisettes, une boisson à la noisette et un dessert à la noisette.

Quand je serai en colère, je pourrai me casser tout seul dans les arbres, voler entre les branches, surfer sur les feuilles de platane et jouer au football avec des pommes de pin. Et puis, j'irai au cinéma gratuitement… Je me planquerai assez facilement dans les trains, comme ça je pourrai retourner sur la côte landaise continuer mon apprentissage du surf.

Parce que l'océan est mon église en mouvement et que je n'ai même pas besoin de me transformer en écureuil pour me sentir bien dans ce capharnaüm de mousse et de diamants saupoudré.

HISTOIRE DE TRAINS

Les couleurs changent derrière mon épaule, le train arrive avec sa carriole d'ombres et de poussières accrochées aux wagons.

Je veux voir, je veux sentir et surtout je ne veux rien savoir, monter dans ce putain de train et m'écarquiller tout entier. Être hors-la-loi et en liberté, voilà ce qu'il me faut pour continuer. Et même si je me fais prendre, pour l'instant, j'avance ; même l'accent du vent dans les arbres a changé, c'est ma façon de mesurer le chemin parcouru.

Tous ceux qui veulent m'accompagner sont les bienvenus, je ne garantis ni la destination ni la durée du voyage, mais il se passera des trucs pendant le trajet. Ça je le garantis.

Histoire de trains

LES GROSSES ROUES NOIRES

Il y a ces grosses roues noires dans ce magasin de Beaubourg. Des roues de skateboard énormes. Elles feraient de mon longboard un truc tout-terrain. Sur les chemins de terre, dans les champs, dégringoler les collines, tout ça. Le problème, c'est que Noël est passé, mon anniversaire aussi et que je suis censé être un peu trop vieux pour ce genre de conneries.

Depuis qu'on a ressorti le ventilateur, j'ai envie de récupérer l'hélice et de me la coller dans le dos pour aller plus vite en longboard. Inventer un sac à dos rempli d'hélices pour voler avec démarrage en longboard, voilà ce qu'il me faut.

Je m'élancerai du Trocadéro et je décollerai petit à petit en passant sous la tour Eiffel pour survoler le jardin militaire.

Il faut que je récupère un moteur, celui d'une mobylette ou d'un train, et il me faut des ailes ; avec des plumes, du carton ou des vieux cerfs-volants, je ne sais pas encore, mais je vais trouver une solution pour voler.

Je mettrai les lunettes d'aviateur que j'ai trouvées aux Puces et mes protège-poignets pour pouvoir encore jouer de la guitare si ça se termine mal et c'est parti ! Si j'y parviens, plus jamais je ne m'ennuierai.

En fait, je ne m'ennuie jamais, seulement mes rêves sont suspendus si haut que ça me fatigue un peu d'avoir l'âme systématiquement tendue pour les décrocher. Parfois, je les effleure du bout des doigts, mais il y a toujours quelque chose encore plus haut résumant ma vie à l'escalade infinie d'un sapin de Noël surchargé de rêves étincelants suspendus sur les plus hautes branches.

Sur la branche qui brille aujourd'hui juste au-dessus de ma tête, il y a un paquet d'hélices en tout genre et surtout quatre grosses roues noires de long-board tout-terrain.

JOURNAL DE PLÂTRE

1. LES JOUETS

Depuis tout petit, je tords, casse, fracasse mes jouets comme pour mieux me les approprier – je les marque. Parfois c'est très joli, parfois c'est catastrophique car cela les rend inutilisables. Le plus beau jouet que j'ai eu de toute ma vie s'appelle « Molly », elle était déjà toute cabossée quand je l'ai eue et je me la suis appropriée tout de suite. Elle provoquait en moi l'effervescence d'un jacuzzi à diables. Comme s'il y avait un petit volcan sous mon crâne et qu'elle n'arrêtait pas de balancer des aspirines dedans. Elle avait un côté « Transformer », ces jouets qui changent de face. En été, elle bourgeonnait de discrètes taches de rousseur sur le visage, une vraie petite coccinelle de peau. Elle était également capable d'avoir quatre ans et demi, de me faire avoir quatre ans et demi aussi. Elle pouvait se transformer en petit jet d'eau lacrymal – ce mot qui sonne si bien mais qui fait si mal –, elle ne pleurait pas de limonade malgré l'impeccable pétillement de ses yeux. Parfois, elle se métamorphosait en jument philosophique, puissante et courageuse pour mieux se vraquer dans les étoiles et rajouter en bas du ciel – à l'endroit où il touche presque la Terre – quelques étincelles de rage désespérée. Elle pouvait prendre la forme d'un peintre, d'une maman, d'une chanteuse, d'une folle, d'un personnage de manga sexy… En fait, elle ne prenait pas vraiment toutes ces formes, elle était vraiment en forme de tout ça. C'est aussi ce qui lui provoquait ces fameux embouteillages de cerveau qui la rendaient si fragile.

Elle me manquait – mon amour pour elle me manquait. Parce que j'étais dans une période d'anesthésie sentimentale, comme si mon cerveau accroupi dans sa coquille de crâne n'irriguait plus mon cœur, ou l'inverse. J'avais l'âme toute recroquevillée et elle se battait pour me « désescargotiser ». Mais... dure la coquille. J'étais comme la Belle au Bois Dormant, pour me réveiller, il me fallait un baiser, une claque dans la gueule ou un coup de hache pour fendre ce halo à la con dans lequel j'étais.

Le manque que je ressentais était le premier signe que la coquille se fissurait, que j'allais éclore de nouveau et me jeter dans le printemps de ses bras malgré mon esprit courbatu. Mais serait-elle encore là pour m'attraper ? Parce que le coup de la coquille, c'est pas la première fois que je le fais... et c'est très fatigant pour tout le monde ce genre de choses.

2. MOLLY

Quand je l'ai rencontrée, j'ai eu la chance de bénéficier du « swing de l'imbécile », c'est-à-dire que je ne m'étais absolument pas rendu compte que je lui plaisais suffisamment pour prétendre l'embrasser avant la fin de la soirée. C'est très important car cela m'a permis d'éliminer toute pression... Trois petits bisous ont commencé l'histoire, trois petits gâteaux secs qui se sont vite changés en festin de sexe. La première fois que l'on a fait l'amour, j'avais l'impression d'avoir une baguette magique à la place du sexe. Chose qui m'a pas mal tracassé car le magique, ça se promène toujours quelque part entre le vrai et le faux, en tout cas entre le vrai et l'imaginaire.

3. LA POIGNÉE DE MAIN DE POUMONS

Molly est loin et j'ai les yeux qui clignotent comme les feux d'une petite voiture arrêtée sous la pluie.

Être triste comme ça me comprime les côtes si fort qu'entre mes deux poumons on dirait une poignée de main... En même temps, j'espère être capable de subir encore de nombreuses fois ce genre d'état. Pas pour le snobisme de la torture, juste pour l'éclair de lucidité pointue que cela m'offre. Comme si cela déclenchait plein d'interrupteurs dans le grenier de mon cerveau. Quand je suis comme ça trop longtemps, j'applique des méthodes très personnelles pour me guérir : je mets un peu de musique, je mange une Danette, je répare mes films Super 8, je découpe des trucs dans la carte du monde… Un peu comme si j'avais quelque chose de cassé, une immobilisation, un manque. Une sorte de plâtre au cœur. J'en ai justement un à la jambe. Si un jour je me casse une nouvelle jambe et qu'en même temps je me sépare de Molly, je crois que je m'auto-électrocute instantanément comme un petit Polaroid de nerfs. Elle sera à mes côtés bientôt, je patiente en écoutant les ronflements de ma mère. Alors que, lorsque Molly est dans mon lit, je ne l'entends même pas ronfler (ma mère). Pourtant, elle a une façon de ronfler particulièrement violente, c'est à croire qu'elle souffre de somnambulisme, qu'elle se lève pour prendre une énorme pelle en métal dans son placard et qu'elle essaye de creuser dans la moquette… Voilà le genre de bruit que produisent ses ronflements. Le genre de choses qui font rire quand on y pense mais qui agissent comme un sécateur sur les nerfs lorsqu'on essaye de dormir et que déjà le plâtre gratte sous les genoux. Cela dit, mon insomnie la plus folle n'a pas été occasionnée par les ronflements expérimentaux de ma mère. C'était quelques jours avant, à l'hôpital.

4. L'HÔPITAL

C'était vers deux ou trois heures du matin, j'avais une espèce de nausée électrique qui m'éclairait le ventre, j'ai cru vomir des étincelles par la fenêtre mais il ne s'agissait en fait que des phares des voitures qui glissaient sur la route en contrebas. Je tremblais plutôt bien, mes os cassés et les non cassés faisaient le même bruit que les bateaux dans un petit port de plaisance vers sept heures du matin. J'étais tendu comme un arc, je sentais les couloirs à chaque pas résonner jusqu'à l'intérieur des néons et j'avais peur de devenir fou, de ne plus jamais pouvoir m'endormir. J'imaginais, mon pied enflait comme un pop-corn au ralenti puis explosait plâtre et peau à travers le silence électronique de la chambre et à 5 h 25 s'il vous plaît, juste avant l'attaque des femmes-thermomètres. Une fois réchauffé à cette idée, mon esprit et mon corps se sont détendus pour laisser entrer le sommeil, une bonne grosse nuit d'une quarantaine de minutes bel et bien interrompue par les femmes-thermomètres. Je venais de casser ma cheville et avec la manière, fracture tibia-péroné-malléole-luxation et déchirement des ligaments. Pourtant, ma cheville me plaisait comme ça, je n'éprouvais pas le besoin de me l'approprier plus que ça, je la sentais bien à moi. « Des fois c'est catastrophique [...] ça les rend inutilisables. » Provisoirement en tout cas. Comme si ma cheville venait de payer pour toutes mes conneries depuis l'école primaire – toutes les choses entre lesquelles j'ai slalomé sans trop me faire attraper, BAOUM ! Si j'avais su que j'avais une bombe à retardement dans la cheville et qu'elle grossissait à chaque fois que je faisais une connerie...

5. PRINTEMPS DE PLÂTRE

Enfin me voilà cadenassé-plâtre-lit-livre-télé-cannes à attendre que Molly revienne pour effacer les ronflements de ma maman, et le retour de ma jambe pour aller voir ce qui se passe dehors dans ce printemps. Je le vois s'effilocher à travers les fenêtres, je récupère du jus de soleil et quelques ombres par-ci par-là. Mais ce qui m'inquiète le plus, c'est ce plâtre, ou plutôt ce qui s'y passe à l'intérieur. On dirait un cocon bizarre. Peut-être que ce ne sera pas une jambe réparée qui va éclore. Peut-être que j'aurai un ski à la place, un bras ou un pied de micro. Beaucoup de questions de ce genre lors de mes somnolences matinales. Les points d'interrogation dansent comme d'étranges petits lutins ventrus qui s'autocisaillent la gueule à coups de crochet. Ça va m'occuper jusqu'à l'heure de se lever-laver pour mieux me recoucher ensuite.

Maintenant, j'ai 24 heures pour me salir en lisant des livres, jouant de la guitare, téléphonant, mangeant, dessinant, en ayant mal au plâtre. Et enfin me rendormir et faire des rêves de plus ou moins bonne qualité.

6. PING-PONG DES FANTÔMES

L'un des plus drôles que j'aie fait durant cette période se passait dans un cimetière. Je me promenais entre les tombes jusqu'à ce que je tombe sur la mienne, ma propre tombe. Il y avait là deux fantômes qui jouaient au ping-pong dessus. Ils avaient soigneusement aligné les ornements funéraires pour confectionner un filet. Ils pleuraient en comptant les points mais je ne comprenais rien à cause de leur accent de fantôme. Un troisième fantôme apparut et il se mit à bouffer toutes mes fleurs puis il vomit un gros nuage de sang. Lorsque je me suis réveillé, j'ai eu cette étrange sensation de moins d'une seconde pendant laquelle on est pile entre le rêve et la réalité du réveil. Cette fois-ci, je me demandais si j'étais mort ou pas. La réponse était : NON.

7. LA FENÊTRE

La fenêtre de ma chambre, avec le téléphone, était mon seul lien avec « dehors ». Ce matin, j'ai reconnu le soleil bâillonné par les nuages, il fabriquait des ombres à travers les arbres sur le toit d'une maison voisine. Avec le vent qui devait faire bouger les feuilles, on aurait dit un vieux dessin animé avec des fantômes.

8. POUR DANSER IL FAUT ÊTRE INFIRME

« Pour danser il faut être infirme », m'enseignait un redoutable professeur il y a quelques années. Il aimait passionnément l'imagination. La sienne comme celle des autres. Plâtres et cannes, je tentais de « chorégraphier » mes allées et venues vers les toilettes. Mais je me fatiguais rapidement. À tel point que je lisais les livres à l'envers. Admettons que j'étais à la page 58 d'un livre juste avant l'accident et que je le reprenne, après avoir dansé jusqu'aux toilettes. Pour me remettre dedans je vais à la page 56, je lis toute la page ainsi que la moitié de la suivante pour être de nouveau embué par la fatigue. Donc j'arrête pour reprendre plus tard à la page 55 pour me remettre dedans… Avec un peu de chance, je me retrouve rapidement à la fin du livre précédent de l'auteur du livre que je suis censé lire à ce moment précis. Enfin, l'importance de la lecture, surtout au début de ma convalescence, consistait surtout à assouplir mon sommeil, et faire le coup des paupières-haltérophiles de mots. Ça peut fonctionner même en lisant à reculons. Après quelques jours, mon swing de cannes s'est allégé et j'ai recommencé à lire à l'endroit

9. RÊVES ET SALLE DE BAINS

La dernière fois que j'ai rêvé, je me cassais la gueule dans la salle de bains. Je voyais le sang couler sur le plâtre et sillonner les joints du carrelage. Dans la somnolence qui a suivi ce rêve, je m'imaginais descendre mon lotissement en longboard ou grimper à un arbre, re-cassé pour re-cassé… Le fait que, malgré ma consciencieuse convalescence d'apprenti petit vieux, je risquais un jour ou l'autre de glisser sur le carrelage de la salle de bains me déprimait un peu. Parce que le coup de se lever juste pour officialiser le fait que la journée commence et se recoucher juste après, lire des livres à l'envers, regarder la fenêtre comme un poster de paysage, boire du lait tout ça… j'étais à peu près d'accord, mais s'il fallait faire tout ça pour se casser la gueule et le reste de la jambe dans une sombre glissade de salle de bains... Au réveil, tout allait mieux. L'optimisme était de retour, je voyais presque des morceaux de ciel sur mon plafond. À chaque gorgée de lait-menthe, je sentais ma cheville se reconstituer. Ça doit être la couleur du lait parce que lors de l'ingestion de n'importe quel autre aliment, je ne sens pas ma cheville se reconstituer du tout. Avec le lait, c'est comme si je mettais de l'essence dans mon réservoir de plâtre, et que ça fonçait directement dans les os de ma cheville pour les recoller. Pour l'instant, le truc qui restait le plus efficace pour recoller ma cheville restait ce foutu plâtre. Il était si encombrant ce plâtre que, parfois, il ne passait même pas à travers mes rêves. Il pouvait être si profondément planté dans la réalité que l'on ne pouvait plus l'en déloger. C'était plutôt un avantage, j'étais plus véloce, je pouvais faire plus de choses... avec Molly notamment. Sans les rêves, le plâtre c'est mourir en moins grave. Lorsque des amis me visitaient, il y a le côté : « Et dire que je t'ai vu passer en longboard la semaine dernière... Ça paraît pas possible que ça te soit arrivé à toi. » Le même genre de trucs qui viennent à l'esprit lorsqu'on apprend la mort d'une personne que l'on connaît un peu. « Ça paraît pas possible... » Et pourtant, je suis là, avec la jambe plantée dans le ciel de ma chambre à essayer de recharger ma cheville comme un téléphone portable préhistorique. J'aimerais bien que tout ça ne soit qu'une mauvaise blague et faire valdinguer le plâtre contre le mur. Mais à l'heure qu'il est, c'est la plus mauvaise blague que je puisse me faire.

JOURNAL DE PLÂTRE

10. Noël en mai

Le 9 mai-ablation-du-plâtre. Je vais préparer ma deuxième chaussure comme si c'était Noël. La veille, je vais tout nettoyer de la semelle aux lacets, je veux qu'elle soit magnifique pour le retour de ma cheville. J'aurai sans doute une espèce de bras triste à la place du mollet et un coude à la place du genou, mais je serai enfin libre libre libre avec ma mini-cheville-os-porcelaine-et-ligaments-de-barbe-à-papa, prête à se briser de plus belle à la moindre imprudence. Moi qui ai toujours pensé qu'il était prudent d'être le plus imprudent possible. Je sens bien que ce ne sera pas vraiment Noël ce 9 mai. Un halo de plâtre cadenassera mon pied encore pour un bon moment.

Ce journal commence à me peser aussi lourd que le plâtre, j'ai envie de m'en débarrasser, de passer à autre chose, à la marche je crois. L'idée d'écriture sous plâtre m'engourdit, je sens mes doigts qui se desserrent autour du stylo. Par contre, je rêve de pouvoir le lire sourire aux lèvres comme on regarde des photos de vacances-galères mais que le temps a transformées en souvenir savoureux. Un peu comme quand je ne supportais plus d'écrire à Molly, même si j'avais adoré nos ébats épistolaires. Je ne supportais plus d'autre idée que celle de la voir en vrai. Et maintenant, je veux écrire en marchant ou dans le train, mais en mouvement avant que mon stylo devienne une plume de plâtre et qu'il faille lui faire des piqûres à la mine pour une bonne circulation de l'encre tous les matins vers 10 heures.

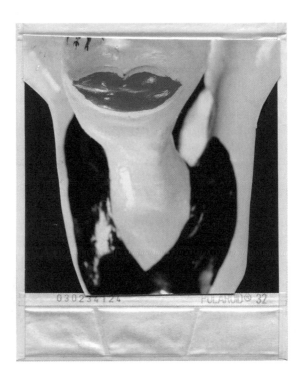

030234124   POLAROID© 32

ÉPILOGUE

Ils sont tous là, tous les fantômes qui vivent dans les pages de ce livre se sont réunis.

Un putain de bouquet de molécules vibrantes, des femmes-flocons bleues, des sirènes de néoprène à la queue sertie de nacre, des fées-lustres et des femmes-pâquerettes avec un volcan miniature à la place du cœur envoyant des enfilades de comètes de lave globulantes comme un incendie à travers leurs corps tout entiers, on peut les voir, à la nuit tombante, transparentes comme des morceaux de glace, s'éclairer comme des enluminures sauvages. De loin, on peut confondre leurs étincelles avec un truc « sympa » qui scintille, une décoration de Noël, genre. De près, on voit bien que tout ça prend réellement feu. Entre les écureuils-humains, les hommes-longboards, les vampires de labello et les spectres-snobs, on peut se tuer souvent, mais entre fantômes, apparemment c'est pas trop grave, ça fait partie de la vie. Prendre feu, voler en éclats, ce genre de trucs. Parfois,

les larmes gelées s'enfoncent à l'intérieur de soi et on perd toujours un peu de sang en essayant de les retirer mais c'est bien comme ça. Parce que j'aime le goût de tout ça, du cramé-doux, du caramel, sans le côté collant et trop sucré, juste du feu liquide qui aurait bon goût. J'aime cette sensation, j'aime LA sensation, trembler tout entier puis s'emmitoufler complètement.

Ils étaient tous là, donc, à se marrer, se taquiner, s'embrasser à pleine bouche et s'arracher les cheveux. Ils se foutent de ma gueule, je me fous de leur gueule et finalement, on s'entend pas mal eux et moi. Si on secoue violemment ce livre après l'avoir lu, il se peut qu'un ou deux fantômes s'échappent avec de vrais morceaux de moi enroulés dans les draps.

Pour ceux qui flippent des livres hantés, je le répète, foutez-le dans le grille-pain, tous les fantômes seront auto-éjectés directement chez le voisin du dessous, pour l'éternité.

TABLE

Merci de m'avoir, d'une façon ou d'une autre, soutenu dans la réalisation de ce livre : Alexandre Hurel, Hugo Verlomme, Laurence Audras, Arielle Faille, Marion Rérolle, Nicolas Richard, Raphaelle Dedourge, Carine Merlin, Pascaline Charrier et Stéphane Deschamps.

Statuettes « Molly » par Laurence Audras

9575

Composition
NORD COMPO

Achevé d'imprimer en France
par **IME**
le 4 avril 2011.

Dépôt légal avril 2011.
EAN 9782290034941

ÉDITIONS J'AI LU
87, quai Panhard-et-Levassor, 75013 Paris

Diffusion France et étranger : Flammarion